*Ce soir, j'ai donné
quelques pièces
à un mendiant*

Jean Pierre Desgagné

Ce soir, j'ai donné quelques pièces à un mendiant

Manuscrit déposé à la SARTEC numéro 30412 le 28 avril 2015

© 2015 Jean Pierre Desgagné

Edition : BoD - Books on Demand
12/14 rond-point des Champs Elysées
75008 Paris
Imprimé par BoD – Books on Demand, Norderstedt
ISBN : 978-2-8106-15803
Dépôt légal : avril 2016

À mes muses
et autres sources
d'inspirations...

Avertissement

Les histoires de ce livre ne sont que de la pure fiction. Certaines sont saupoudrées de quelques faits réels qui n'ont, parfois, aucune relation avec les personnages de l'histoire qui les héberge. Toute ressemblance avec des personnes réelles, autres que celles spécifiquement identifiées, ne pourrait sûrement être que le fruit de l'imagination débordante du lecteur. Seule ma créativité me servait de guide.

MERCI, MUSE ORIGINELLE

Presque 5 années se sont écoulées, depuis que j'ai découvert quelle muse fantastique tu pouvais être pour moi.

J'ai passé une grande partie de ma vie à écrire des textes de tous les jours, avec des mots de tous les jours. J'ai ainsi écrit des tonnes de mémos et de rapports en tout genre, pour satisfaire les besoins de communication et de savoir de mon employeur.

Chère muse, ton arrivée dans ma vie m'a insufflé le goût de porter attention aux mots, de les cajoler, de les traiter non seulement comme objets de communication, mais comme objets potentiels de transformation.

Je devais forcément mettre en œuvre ce talent d'artisan, récemment découvert, pour leur procurer un écrin dans lequel leur beauté serait mise en évidence comme ils le méritaient.

Les synonymes, jadis des amis lointains, ont soudainement senti le besoin de se rapprocher de moi. Les antonymes, plus distants comme toujours, connaissant bien mon éternel positivisme, se trouvaient déplacés dans mon entourage. Qui dit antonyme, ne dit-il pas contraire, confrontation, contradiction et même plus. J'ai dû les apprivoiser et comprendre que sans antonymes, impossible de comprendre les personnes qui sont différentes, qui pensent différemment ou qui parlent différemment.

Je n'ai pourtant pas acquis la prétention de me considérer comme un écrivain. Comment peut-on l'être lorsqu'à l'aube de sa vie d'adulte, on est juste un décrocheur. À cette époque, l'école ne m'attirait plus depuis longtemps. Je ne savais pas alors, dans ma petite tête de révolté, tous les bienfaits qu'elle pouvait apporter. Ce n'est que quelques années plus tard que j'ai raccroché. C'est dans le monde des adultes que j'ai décidé de faire mon grand retour dans l'univers du savoir. Comme le cheminement n'est pas des plus orthodoxes, il est clair qu'il me manque des petits ou même de grands bouts de ce qu'une formation conventionnelle m'aurait apportée.

Avec un certain recul, je constate que ce manque ne m'a finalement pas trop handicapé. Ma curiosité et ma soif d'apprendre n'avaient cessé de s'épanouir depuis ma renaissance, levant un certain voile sur mon ignorance et m'apportant un peu plus de ce que je n'avais pas eu.

Voici donc que mon apprentissage me permettait, dorénavant, de jongler avec les mots. Il manquait cependant un ingrédient fondamental : l'inspiration. C'est une chose de coucher des mots sur une feuille de papier ou, suite à l'évolution, sur un clavier d'ordinateur, mais c'en est une autre d'écrire des mots qui racontent des choses intéressantes et inspirantes.

Comment fait-on pour trouver l'inspiration?

Malgré les énormes progrès de la science dans de multiples domaines au cours des dernières décennies, je ne connais aucune pilule ou sirop permettant de déclencher et surtout de conserver cette si précieuse inspiration. Est-ce que des recherches sur « la Toile » permettraient de faire la lumière sur de potentielles techniques pour avoir la grande révélation? Comment font-ils les grands écrivains pour produire texte après texte, des histoires mémorables? J'ai bien trouvé que les grands s'inspirent souvent de ce qui les entoure. Avant ta venue, j'imagine que je regardais sans voir. Tu as sûrement déclenché un module de mon cerveau qui avait besoin d'aide, d'une sorte de coup de pied ou de baguette magique, pour s'épanouir à son plein potentiel. Muse magicienne qui, de son aura magique, fait fleurir les talents enfouis de gens comme moi.

Tu as fait jaillir l'histoire des « ... quelques pièces à un mendiant ». Première histoire fantastique qui a déclenché cette inspiration qui ne s'impose pas de contraintes de réalisme. Je peux me laisser aller là où m'entraîne mon imagination devenue si fertile.

Peu importe ce que la vie m'apportera, elle sera à jamais teintée par cet amour des mots et cette relative facilité de leur donner vie et âme. Tout cela c'est à toi que je le dois. Je t'en serai reconnaissant à jamais pour toutes les joies et la gamme des émotions qui en découlent depuis.

Merci, muse originelle. Merci, Michèle. Merci pour ce beau grand cadeau que tu m'as offert.

21 janvier 2014

CE SOIR, J'AI DONNÉ QUELQUES PIÈCES À UN MENDIANT

Ce soir, j'ai donné quelques pièces **à** un mendiant. Ce n'est généralement pas mon habitude de le faire et, dans ces rares occasions, c'est habituellement une pièce solitaire qui quitte ma main. Pourtant ce soir, une force incompréhensible me poussa à lui en donner plusieurs. Il m'a paru si ému par mon geste qu'une grosse larme a jailli de ses yeux rougis par tant d'années d'errance et de mendicité. Je trouvais sa réaction exagérée, pour quelques pièces de deux dollars. Il poursuivit sa route, pour ensuite se retourner et me crier de l'attendre. Il me raconta alors une histoire rocambolesque. Ce mendiant voulait me faire croire que jadis, lors d'une des journées les plus sombres de son existence, une jeune fille sortant de nulle part lui remit un petit carnet aux pouvoirs supposément magiques. Le possesseur de ce carnet avait droit à recevoir de la vie un souvenir heureux de temps à autre. Il n'en serait pas le possesseur éternel, mais seulement le dépositaire pour une période non définie. Nul besoin d'y écrire, une main invisible semblait s'en charger. Viendra un jour où une force surnaturelle le poussera à le remettre à une autre personne. Elle ne lui avait pas dit comment il pourrait reconnaître cette personne, seulement lorsque le moment sera venu, il le saurait.

Il se demanda alors, pourquoi serait-il assez fou pour se départir de ce qui semblait être devenu sa plus riche possession, qui lui garantissait des souvenirs heureux. Il se disait qu'elle pouvait bien courir, que jamais il ne le donnerait. Comme si elle lisait clairement ses pensées, elle lui expliqua dès que ce moment sera venu, le carnet ne lui sera plus d'aucune utilité, ne lui révélant toutefois pas la raison de cette inutilité.

Donc, voilà mon mendiant qui sortit de sa poche un petit carnet bleu défraîchi et l'ouvrit. Après avoir soigneusement détaché les pages des souvenirs heureux de sa misérable existence, il m'a remis son précieux carnet aux souvenirs. Il tourna les talons et reprit sa route.

Je pris ce petit carnet. Je l'ouvris discrètement et y ai vu quelque chose d'écrit à la main. Par pudeur, je n'osai pas le lire. Je lui ai crié pour lui dire qu'il avait oublié de prendre des pages. Il me répondit de prendre soin de bien lire ce qui y est écrit. En effet, dans son carnet de souvenirs, maintenant devenu mien, la première page commença ainsi :

« En ce beau samedi d'août, je vis une belle journée de ma vie, l'escalade de cette montagne m'apporte une paix intérieure inégalée... »

J'en tournai la page et la suivante débuta par : « Je me promène doucement en plein cœur du Vieux-Montréal, cette soirée n'a rien d'autre d'exceptionnel qu'un immense sentiment de bien-être. Les pierres historiques n'y sont cependant pour rien... »

N'y résistant plus, je tournai frénétiquement une autre page. Je sentis le sang se retirer de mon visage et probablement devenir d'une blancheur cadavérique. Cette page débuta par : « Ce soir, j'ai donné quelques pièces à un mendiant... »

Encore sous le choc, je n'avais pas remarqué que le mendiant était à nouveau près de moi. Avec un large sourire, il m'expliqua que sa larme était pour pleurer la perte de son carnet. Certes, ce carnet ne lui a pas fait gagner à la loterie, mais lui avait apporté des bonheurs de mendiant.

Il s'était bien rendu compte que depuis quelques jours, les histoires ne correspondaient plus à ce qu'il vivait. Il devenait clair que la séparation approchait. Le seul problème étant : à qui dois-je le remettre? Il me raconta qu'au moment précis où je lui remis les pièces, il vit passer derrière moi la jeune fille de jadis qui lui souriait. C'était le signe attendu. Avant qu'il ne m'interpelle pour me donner le carnet, je n'avais pas été témoin de sa conversation avec la jeune fille. Il était en colère, pourquoi lui reprendre son bonheur? Elle lui répondit simplement que sa vie de mendiant était terminée et qu'il aurait maintenant la force de se reprendre en main. À cette bonne nouvelle, il se retenait maintenant **de** pleurer à chaudes larmes.

Ce soir, j'ai donné quelques pièces à un mendiant et cela a changé SON existence.

Ce soir, j'ai donné quelques pièces à un mendiant et cela a changé MON existence.

Ce soir, **j**'ai donné quelques **p**ièces à un men**d**iant et un ange est apparu dans ma vie.

LA MORT D'UN CLOWN

Zut! Encore manqué.

Décidément, je me fais vieux. Il fut un temps, pas si lointain, où je pouvais atteindre la poubelle à chaque fois.

Mon costume est enlevé, seul ce masque me rattache encore pour quelques courts moments à ce personnage qui fut mon compagnon pendant toutes ces années. Dans quelques instants, il ne m'en restera que des souvenirs, bons ou autres.

Je sens déjà le vide m'envahir. Tu vas me manquer, mon vieux. Que de chemins avons-nous parcourus? Que de villages avons-nous visités? Combien de rires d'enfants avons-nous provoqués? À partir de maintenant, ce n'est que dans mes souvenirs que ces rires retentiront. Ce soir, j'ai entendu cette douce musique, pour la dernière fois.

Je porte à mon visage la serviette qui me permettra de tout effacer de ce maquillage, de ce masque de clown. Mon geste est interrompu. J'en suis incapable ; j'ai encore besoin de quelques minutes avec mon vieux compagnon de route. Je me sens comme un condamné à mort qui veux réaliser son dernier souhait. Mais si j'avais vraiment un dernier souhait à faire, ce serait de faire disparaître ce démon qui est venu nous prendre notre petit monde.

« Maudit Internet ».

Oiseau de malheur. Il devait rapprocher les gens, alors qu'il ne fait que les isoler dans leur petit monde virtuel. Les gens, surtout les enfants, ne veulent plus côtoyer le monde réel. Tout se passe entre un enfant et une petite souris. S'ils veulent du rire, ils le prennent sur « You Tube » ou sur tout autre outil de recherche d'Internet. Comme les enfants ne sortent plus de la maison, les spectacles de clowns n'ont plus la cote. Je le voyais pourtant déjà venir, ce jour fatidique. Le nombre de spectateurs était en baisse constante depuis quelques années, surtout les enfants. Les parents pouvaient encore fonctionner dans la magie du cirque et des clowns, par le biais de leurs mémoires, mais les enfants d'aujourd'hui n'auront jamais la chance de s'en construire une mémoire.

Que c'est triste de finir une si belle carrière en étant remplacé par une machine. Je pensais bien que le monde de la magie et du rire était à l'abri du remplacement par une machine. Selon mes prévisions, seules les industries et les entreprises d'affaires en étaient la cible. Mon visage attristé me crache cette réalité. Même si je regarde ce clown dans ma glace, je n'ai aucune envie de rire.

Je vois le bourreau qui approche, il me regarde avec son air impatient :. « Alors, tu achèves ses souffrances? ou dois-je faire le travail pour toi? »

Je le chasse et reprends ma sordide besogne. À nouveau, mon bras se soulève. Je porte la serviette à mon visage. Je réussis à peine à faire quelques millimètres. Je retire ma main comme si un feu intense m'avait brûlé. Je vois la cicatrice que la serviette a laissée sur ce visage clownesque. Ma douleur me frappe avec une intensité à peine supportable.

La bête est maintenant blessée. Le processus de l'agonie est commencé. La fin pointe son nez.

Comment trouverais-je le courage de finir ce travail? Il le faut cependant. Après toutes ces années de complicité, je lui dois de faire ce sale travail moi-même. Je ne veux pas que ce pantin cagoulé lui touche. Tout doit se passer entre lui et moi.

J'implore tous ceux que je peux, de me venir en aide. Je me sens soudain si faible. Je sens que je vais mourir en partie avec mon compagnon de galère. Ce n'est pas seulement un meurtre, je réalise soudain, que c'est aussi un suicide.

Je me rends compte que je me fixe dans la glace. Je vois alors toute la tristesse dans ces yeux qui semblent me supplier de les épargner.

Soudain, un sourire jaillit, je pense à la petite Sophie. Je l'ai connue dans les années soixante-dix. Nous visitions les jeunes patients d'un hôpital pour enfants de la région montréalaise. Au premier regard, ce fut le coup de foudre. Son sourire si radieux m'a frappé en plein cœur. Je n'avais même pas remarqué qu'elle se déplaçait à l'aide de béquilles. Lorsqu'elle s'approcha de moi, j'ai bien vu que ses jambes avaient la même rigidité que ses béquilles. Avec cette agilité dont seuls les enfants sont capables, même handicapés, elle a traversé la pièce pour me sauter au cou. Elle me serrait si fort que je pensais étouffer. Pour un instant, la douleur avait disparu de sa vie. Elle respirait le bonheur. Elle me transmettait une énergie incroyable. Elle est restée suspendue à ma jambe tout l'après-midi.

J'appréhendais le moment de la séparation que j'entrevoyais déchirante. Le moment venu, je me mis à genoux et lui dit gentiment que je devais aller rencontrer d'autres petits enfants comme elle. Son visage s'illumina et elle me dit de bien prendre soin des autres petits enfants tout comme j'avais bien pris soin d'elle. Elle me fit un gros câlin. Je la serrai très fort et juste assez longtemps pour essuyer mes larmes. Elle m'avait encore touché en plein cœur. Comment pouvait-elle être si jeune, si frêle, et en même temps, si forte et courageuse? On a vraiment beaucoup à apprendre des enfants.

Maintenant, je dois me ressaisir. La tâche sera insurmontable, si je ne fais que penser à ces bons souvenirs.

J'ai souvent expliqué le pouvoir de la transformation en clown. Dans mon processus de maquillage, ce n'est pas seulement le visage qui se transforme. Mon corps et mon esprit se transforment aussi, tout doucement, à chaque élément de maquillage qui est ajouté. Habituellement, ce cérémonial dure entre 75 et 90 minutes. Lorsque le maquillage et la perruque sont en place, ils ont chassé ma personnalité pour la remplacer par ce personnage de clown. Je ne personnifie pas un clown, j'en suis véritablement un. Comme si j'étais né ainsi d'une mère et d'un père clowns.

Troisième tentative. Mon bras se lève à nouveau. Je suis fort, je serai capable d'aller jusqu'au bout. Je vois ce bras dans le miroir. Ce que je vois maintenant dans cette main, ce n'est plus une serviette en papier, c'est une hache de bourreau. Je vois clairement la portée de mon geste. Je suis un assassin. Mais ai-je le choix? J'ai beau retourner tous les éléments dans ma tête, la situation restera la même. Le temps des clowns comme moi est révolu.

Dans un geste vif comme la foudre qui frappe sans prévenir, je passe la serviette pour m'arracher cette peau de clown. Mes yeux sont fermés. Normalement, je les ferme pour ne pas que le maquillage me brûle les yeux. Aujourd'hui, c'est pour ne pas être le témoin de ce carnage. Mes yeux brûlent de toute façon, en raison des larmes qui se mélangent aux résidus de maquillage.

Je tarde à ouvrir les yeux. C'est curieux, habituellement, lorsque je retire le maquillage, le personnage se retire aussi. Sans même ouvrir les yeux, je sais bien que je ne suis plus maquillé, parce que j'ai fait ce rituel des milliers de fois, mais j'ai l'impression que je suis encore un clown à l'intérieur. C'est une sensation nouvelle et agréable. Tout doucement, j'ouvre les yeux. C'est bien vrai le clown n'est plus dans la glace, mais je le sens au plus profond de moi. C'est comme lorsque j'ai perdu ma mère. Je me suis rendu compte qu'elle ne serait plus là physiquement, mais qu'elle m'accompagnerait d'une autre manière.

Tout à coup, je suis serein. Ma tristesse s'est estompée pour rendre toute la place à cette douce et calme sérénité.

Je reste quelques temps à me regarder comme on contemple le cadavre d'un être cher. Je ne suis plus qu'un. Je ne serai plus qu'un. Je commence mon deuil, par un sourire.

Jean Pierre Desgagné
Clown retraité

MINUSCULES RAYONS DE SOLEIL

Un homme sur son lit de mort demande la présence d'un homme d'église, peu importe laquelle, sa foi l'ayant abandonnée depuis longtemps, pour se confesser. Il aimerait, avant de mourir, se libérer d'un poids qu'il traîne sur ses épaules depuis sa tendre enfance.

« Mon Père, je m'accuse de vols multiples ».

Toute cette histoire a commencé il y a si longtemps, à une époque sous le signe de la pauvreté. Ce qu'il y avait en quantité abondante c'était l'amour, pour le reste, c'était presque la lutte pour la survie. Cet amour qu'on voyait dans les yeux des parents lors d'échanges de regards furtifs ou cet amour par de petits gestes qu'ils nous distribuaient sans compter. Malgré les malheurs, cet amour avait tissé des liens très serrés entre nous tous.

Un jour, une nouvelle voisine arrive dans le quartier. À peine quelques semaines plus tard, ses parents décident de lui organiser une petite fête d'anniversaire. Voulant aider Monique à se faire de nouveaux amis, tous les enfants de la rue y furent invités. J'avais déjà remarqué cette nouvelle venue avec son joli petit nez, et surtout, son beau sourire. La réalité m'a soudainement rappelé mon statut de pauvre. Comment oser se présenter à une fête d'anniversaire sans cadeau? Comme il se faisait tard, je me suis mis au lit. Quelques larmes sont apparues. J'ai tenté de les chasser en pensant que ce n'était qu'une fête et qu'il y aurait sans doute d'autres occasions de faire sa connaissance. Dormir... dormir... au moins au monde des rêves tout est possible. Peut-être qu'au réveil une solution aura réussi à se frayer un chemin jusqu'à moi. Ce soir-là, je luttai pour trouver le sommeil.

C'est au réveil, du moins je le croyais bien, ou était-ce encore dans cet étrange rêve étonnamment réaliste, que j'entends un froissement de papier sous mon oreiller. J'y glisse la main et en ressors un bout de papier d'une texture si fine et à la fois si brillante que j'ai dû fermer les yeux quelques instants. Lorsque j'ai été en mesure de distinguer ce qui était inscrit sur cette précieuse découverte, j'y vis une écriture incompréhensible. Dommage, ça semblait pourtant très spécial. J'entendis une petite voix, sortant de nulle part, me dire : « Si tes intentions sont pures, tu pourras comprendre ce message. » Du haut de mes dix ans, je ne voyais aucunement ce qu'elle voulait me dire? Dans le fond, la seule intention qui me préoccupe est de trouver une solution pour un cadeau d'anniversaire. La petite voix se fit entendre à nouveau pour me dire : « Il est difficile de trouver une intention pure comme cette abnégation. » Je regardai à nouveau le bout de papier espérant être enfin capable de le lire. Courte fut mon illusion, toujours les mêmes caractères y reposaient, à l'exception d'un petit post-scriptum qui disait de tenir le papier sur son cœur. Étant très sceptique, je suivis la consigne. Un miracle se produisit. La petite voix avait fait place à une voix masculine très grave qui commença ainsi : « Pour garder le secret, le texte demeure illisible, mais comme tu as démontré ton mérite, je vais te le traduire. Voici la recette pour aller cueillir des rayons de soleil, tu dois commencer par... et la lecture se poursuivit jusqu'à la fin de la recette.

Lorsque le soleil s'est levé, mon scepticisme était au plus haut point. Incrédule, je suivis scrupuleusement les instructions et en l'espace d'un instant, un minuscule rayon de soleil gisait au creux de ma main. Si petit, si brillant et curieusement à peine tiède. Ça doit être l'effet du nombre qui en augmente la température.

Je gardais jalousement une petite boîte colorée, trouvée quelques mois auparavant. Elle serait un écrin parfait pour mon cadeau. J'avais maintenant légitimé ma présence à cette fête.

J'attendis que ma nouvelle amie ait ouvert tous ses présents pour lui tendre le mien. Quand elle l'ouvrit, la pièce s'illumina. Tous restèrent paralysés à l'exception de Monique. Le minuscule rayon de soleil prit position dans sa tête en pénétrant par sa bouche et alla se fixer dans ses yeux qui se mirent à briller comme des étoiles. Aucun autre cadeau n'avait eu cet effet. Je devins, ce soir-là, son meilleur ami.

Quelques mois plus tard, en jouant avec Monique, elle m'a demandé comment j'avais réussi à capturer ce minuscule rayon de soleil pour le lui offrir. Est-ce que j'étais magicien? Quelle était la source de ce pouvoir? Au moment de lui révéler, une petite voix familière me souffla à l'oreille que je ne devais jamais divulguer ce secret et que les conséquences pourraient être terrifiantes. La voix poursuivit en spécifiant aussi de ne jamais utiliser cette recette plus d'une fois, sans d'abord en avoir obtenu la permission.

Je me contentai donc de dire à Monique que c'était un grand secret que je ne pouvais partager, même avec ma meilleure amie.

Un soir dramatiquement maussade qui se passait bien des mois plus tard, je ne pouvais trouver de réconfort dans aucune activité. Je me rappelai cette petite recette. Je suivis, encore une fois, toutes les étapes pour capturer un autre minuscule rayon de soleil. Rien ne se passa. J'avais dû oublier quelque chose. Deuxième tentative, encore rien. Je décide de retrouver le papier de la recette, je le mets sur mon cœur et la voix grave résonne à nouveau. Jeune homme, quelles sont tes intentions? Je n'avais pas prévu ça; je voulais juste m'amuser. Comment me sortir de ce pétrin? La facilité, je n'ai qu'à mentir et refaire le même processus qui a si bien fonctionné la première fois. Surprise! la voix a cru mon mensonge. Il ne semble pas y avoir de processus de vérification. J'ai un peu honte, mais ma soirée est maintenant sous le signe de la joie. À qui vais-je bien offrir ce nouveau rayon?

Au fil des années, j'ai répété mon mensonge qui, à chaque occasion a bien fonctionné. Avec le temps, même si la honte s'était un peu estompée, je commençais à souffrir de ces mensonges qui étaient, disons la vérité pour une fois, des « vols » de minuscules rayons de soleil.

Je les ai distribués ici et là et, chaque fois l'effet était spectaculaire. La culpabilité prit de plus en plus de place et se mit à me harceler. Elle me faisait clairement comprendre qu'obtenir les choses ainsi était malhonnête. J'étais tiraillé entre ce noir sentiment et par la joie d'être le semeur de minuscules rayons de soleil. Toute une évolution! pour le petit pauvre. Celui-là même qui avait su tracer son chemin dans la vie, en raison de sa débrouillardise. Il devint entrepreneur et décrocha de plus en plus de contrats qui lui permirent de projeter définitivement la pauvreté derrière lui. La vie s'est finalement révélée bonne pour lui.

Aujourd'hui rendu au crépuscule de cette vie, il est fier de ses réalisations, mais ce poids, ce poids énorme sur sa conscience l'écrase et il veut à tout prix retrouver la sérénité.

Après avoir raconté son histoire au confesseur, il le regarda droit dans les yeux et lui dit : « Mon Père, je m'accuse d'avoir volé des centaines de rayons de soleil ».

Voici la réponse étonnante de son confesseur : mon fils, tu aurais dû raconter cette histoire depuis longtemps. Ta vie aurait été tellement plus facile. Lorsque tu volais des rayons de soleil pour en faire des cadeaux et que tu étais heureux de voir briller les yeux des récipiendaires, ce n'était pas le soleil qui brillait ainsi, mais la reconnaissance. Nul besoin de handicaper le soleil. Nul besoin de t'attaquer à lui. La reconnaissance d'avoir donné quelque chose qui vient du plus profond de ton cœur, que personne d'autre, même une quelconque boutique n'aurait pu faire. Les gens apprécient l'effort, aussi humble soit-il, que tu fais pour eux puisque ce que tu offres, c'est de l'amour.

Pas besoin de pénitence pour le fruit de tes vols obtenus par le mensonge, tu en as déjà trop souffert inutilement.

Je te pardonne de n'avoir su reconnaître que les gens t'aimaient pour ce que tu étais.

Le soleil, il est toujours là, nous pouvons tous en profiter, malgré les quelques ponctions que tu lui as faites. Un simple geste délicat envers tes semblables a beaucoup plus de valeur.

Je te pardonne aussi de ton aveuglement qui t'a empêché de réaliser l'homme extraordinaire que tu étais.

Je te pardonne enfin d'avoir été maladroit dans ta manière de donner.

Dans les heures ou les jours qui suivront, ta vie s'achèvera. Les gens ne pleureront pas la perte du soleil, mais celle d'un homme qui avait un cœur plus grand que celui-ci.

31 mai 2013

LA TOMATE

Bon, un dernier coup d'œil sur la liste des ingrédients. J'y ai mis les morceaux de poulet, l'ail, les oignons, les carottes et le céleri. Il ne me manque que des tomates de type Italiennes.

Un rapide trajet du comptoir au garde-manger me permet de prendre possession de ma dernière boîte de tomates. Je suis chanceux, elles sont de variété italienne.

Soudain, un doute traverse mon esprit. Sont-elles vraiment italiennes? Avec toutes ces choses qui proviennent maintenant de la Chine, elles sont peut-être plus jaunes que rouges ces tomates. Je fais pivoter la boîte pour vérifier. Bonheur! Elles sont « *Made in Italy* ». C'est déjà cela de pris.

Ah! L'Italie, destination romantique par excellence. Alors, petites tomates, de quelle région de l'Italie êtes-vous? Est-ce le soleil fabuleux de la Toscane qui vous a fait prendre cette belle couleur rouge si appétissante? Perchées sur votre plant, est-ce que vous aperceviez les vignes gorgées de ce bon raisin Sangiovese qui sert à faire le fameux Chianti qui accompagne, si bien, ce plat national que sont les pâtes.

Les plus romantiques espéreront que ce soit plutôt à proximité de Venise, ou Florence, que votre croissance se soit faite. Pourquoi donc s'empêcher de rêver? Pourquoi pas Rome, avec sa grandeur. Je la vois bien, cette Rome. Je vois au loin la Cité du Vatican. Ce doit être le début du jour, il y a comme un petit brouillard qui monte doucement sur la ville. Non, ce n'est pas un brouillard, on dirait plutôt de la fumée. Ça commence à sentir la fumée. C'est étrange comme ce rêve est réaliste.

Merde! J'ai oublié mon chaudron et le tout colle au fond. Ce brouillard est réel et vient de ma cuisine. Trop tard! Pour y mettre les tomates.

Je vais plutôt me faire une soupe à base de tomate. Une soupe française peut-être? Ah! La France, pays de vigne et de vin ...

Mais, ça c'est une autre histoire.

UNE LETTRE D'AMOUR

Bonsoir chérie,

En cette soirée morne de septembre, je prends quelques instants pour t'écrire cette petite lettre. Tu me manques terriblement, ce soir.

Je crois que la pluie et le vent semblent se battre pour déterminer celui qui me rendra le plus malheureux. Il est possible que ma semaine de misère au travail y soit aussi pour quelque chose. Mon patron s'est encore acharné sur moi, cette semaine. Il semble puiser une source d'énergie à me rendre misérable au travail. S'il savait tout le tort qu'il me fait. Voyons, je divague, il le sait. J'ai déjà eu le malheur de lui raconter mes émotions face à ses attaques. Au lieu de se régler, la situation est devenue infernale. Il me traite comme le dernier des vauriens. J'ai envie de lui cracher son travail de misère au visage. Le problème, c'est que c'est le seul travail que je puisse faire et c'est le seul employeur de la région qui est prêt à m'embaucher.

Je suis donc esclave de cette brute. C'est une lutte à finir pour laquelle je peux facilement prédire le perdant. Il ne reste qu'à mettre la date sur mon épitaphe.

En raison de sa nature même, la vie en région éloignée n'est pas toujours facile, mais avec cette histoire d'horreur qu'est la mienne, elle est maintenant devenue insupportable.

Quand on parle de région éloignée, on fait référence à l'éloignement des grands centres.

Moi, je fais référence à mon grand centre d'intérêt... toi. De savoir que tu seras là, à mon prochain voyage dans le sud, me donne le courage de poursuivre, même si j'ai voulu abandonner plus souvent qu'à mon tour. Dans ces moments de découragements, je ferme les yeux doucement et par la magie de mon cœur, ton beau visage m'apparaît. Te voilà endimanchée de ce sourire angélique qui fait pâlir le soleil par son éclat. Que de fois, j'en ai rêvé de ce sourire. Que de fois, je l'ai rappelé de mes souvenirs. Combien de fois, est-il venu soulager ma souffrance. Combien de fois, y ai-je puisé quelques gouttes de cette potion magique appelée « courage ».

Comment va ta vie?

Est-ce que je te manque un peu? Beaucoup? Comment va ta mère? Ta dernière lettre m'a donné du souci. Tu me racontais les problèmes que son vieux cœur a connus. Elle devait consulter un spécialiste. Est-ce que les nouvelles sont encourageantes? Si je tentais de coucher sur papier tout ce que je veux te raconter ce soir, la nuit ne serait pas suffisante. Ma tête commence à tourner. Est-ce l'euphorie provoquée par notre « conversation » de l'âge de pierre? Comment appeler autrement l'envoi de lettre en ce siècle de courriel, de GPS et de BlackBerry? Oui, je suis euphorique, mais je pense aussi que les dernières gouttes de cette bouteille de mauvais vin commencent à faire leur travail.

Je vais terminer, ici, ma lettre d'aujourd'hui. Je te le répète : « ce soir, tu me manques beaucoup ».

Je vais déposer un tendre baiser sur ta bouche, cet écrin qui entoure et protège si bien ton beau sourire. Bonne nuit!
Ton « prince charmant ».

Aucun facteur ne portera cette lettre à sa destinataire.

Aucun facteur ne saura qu'il n'y a pas de destinataire. Seul, ce miséreux le saura.

Cette lettre, il va la déposer dans cette boîte en bois sculpté que sa mère lui a laissée en héritage.

C'est son héritage le plus précieux.

C'était la plus grande richesse, de sa pauvre mère. C'était sa seule richesse. Seule richesse matérielle parce qu'elle lui répétait souvent que malgré sa misère, la vie lui avait donné un très beau cadeau... lui.

Maman, pourquoi es-tu partie si jeune? Pourquoi m'as-tu enlevé mon bonheur?

Donc, il ira déposer cette lettre dans son coffre. Elle sera la première sur la pile, la dernière y être déposée, mais pas la dernière à être écrite.

Combien de centaines de lettres se retrouvent dans cette boîte? Nul ne le sait, il ne les a jamais comptées. Elles sont un rappel de sa grande solitude, mais aussi ses moments de plus grand bonheur. Le temps passé à les écrire, est ce que la vie lui donne de plus beau. En fait, ce sont les seuls moments de bonheur que sa chienne de vie lui permet.

Comment aurait-il pu imaginer que, presque quarante ans plus tard, la flamme serait toujours aussi vive? Cette histoire est tellement banale. Ce n'est même pas une histoire. Ce n'est qu'un très bref instant, une pause à peine perceptible pour chacun d'entre nous. C'est un geste anodin, mais pour lui fût un rayon de soleil qui enflamma sa vie. Il en fut presque aveuglé. Au point de se demander, si ses yeux pourraient voir à nouveau.

C'est à partir de cet instant précis que sa vie a basculé. Notre héros (on lui doit bien ça) est en réalité ce qu'on appelle « le fou du village ». Son seul malheur n'était pas d'être fou, mais d'être laid. Il n'y a de la place que pour la beauté dans ce monde.

Il s'en souvient de ce jour. Il venait à peine d'avoir 21 ans. J'ai pris bien soin de ne pas utiliser le mot « célébrer » ses 21 ans, parce que personne ne lui a fait de douceur pour cet anniversaire soulignant son arrivée dans le monde adulte, à cette époque lointaine, presque dans une autre vie. Les malheurs s'alignaient dans sa vie comme de petits soldats bien entraînés.

Il se traînait les pieds dans la rue principale, lorsqu'il eut cette apparition : une automobile brillante comme un diamant. Elle stoppa, la portière s'ouvrit. C'est à ce moment qu'il sentit les os de ses jambes devenir aussi mous qu'un morceau de beurre au soleil. Il vit cette créature qui semblait posséder en elle toute la féminité de la planète. Pour la première fois de sa vie, une femme était plus belle que sa mère. Elle s'avança vers lui. Il s'attendait à recevoir un coup en plein visage. Réel ou psychologique, après tout recevoir des coups non mérités, c'est sa vie. Donc, il s'apprêtait à recevoir ce coup. Il le reçut avec une telle violence qu'il en tomba à la renverse. Il n'avait jamais expérimenté ce genre de traitement.

Comme si elle le voyait au-delà de sa laideur, elle le regarda tendrement et sans même prononcer un mot, elle lui sourit. Ce sourire, plus authentique que les bijoux de la couronne d'Angleterre, le frappa en plein cœur. Était-ce possible qu'une personne, une étrangère, et très belle par surcroît, le traite comme un être humain? Ne serait-ce qu'une infime petite seconde? Elle entra dans la maison du notaire. Il attendit qu'elle sorte pour la revoir. Il attendit, attendit, elle ne sortait pas.

Il s'endormit. Il commença à rêver à cette créature de rêve qui lui avait souri. Soudain, ses problèmes avaient disparu. Son rêve fut, cependant, interrompu par les railleries des jeunes voyous du village. Il tenta de les ignorer, son attention était portée vers l'automobile de la belle inconnue. Mais la rue était déserte. Plus d'automobile. Son rêve était magnifique, mais il lui a ravi sa merveilleuse réalité. Mais était-ce bien la réalité? Il lui était impossible de départager le rêve de la réalité. Cette femme était-elle réelle? Ce sourire était-il réel? Peu importe, elle restera à jamais dans son cœur, parce qu'il en décida ainsi.

Cette vie imaginaire est, malheureusement, ce qu'il possède de plus réel.

HISTOIRE DE RÊVE

Tu es présentement dans mon rêve.

Non, à y regarder de plus près, je rêve que tu rêves à moi. Je me sens un peu comme un voyeur d'ainsi pénétrer dans ta tête et dans ton univers secret. Mais j'y pense, c'est toi qui me l'as dit. Je fais confiance ou pas. Tu m'avais déjà démontré que tu avais confiance en moi. Voilà maintenant que tu me le prouves dans nos rêves.

Par pudeur, j'ose à peine regarder ce qui se passe dans ta tête.

LA MARIONNETTE

Qu'il est doux de flâner dans ce lit douillet de ce chez-nous loin de la maison. Je suis encore sous le charme de cette soirée d'une grande simplicité, mais en même temps extraordinaire.

Soudain, que m'arrive-t-il? Je suis propulsé hors du lit par une force d'une brutalité incroyable. L'effet de cette agression est démesurément amplifié par ces liens qui m'empêchent de bouger les bras, les jambes et la tête. Soudain, les murs de ma chambre d'hôtel disparaissent. Je suis emporté dans un grand tourbillon.

Après ce qui m'a paru comme une éternité, je me retrouve dans un environnement irréel. Grand, que dis-je? Énorme, gigantesque. Je suis dans un monde de géant et j'y suis tout minuscule.

Le calme est revenu, mais je suis toujours incapable de bouger. Tout à coup, mon bras droit se soulève, mû par une force invisible. J'entends une voix grave qui semble irréelle. Ma tête se retourne d'elle-même et cette première vision m'apparaît. Je suis face à ce qui me semble une enfant de 12 ou 13 ans, mais qui est haute comme une maison de trois étages. Tout autour est à cette échelle. Elle se présente : Maïka. Elle me raconte qu'elle et sa famille vivent dans ce monde qui est parallèle au nôtre. De temps à autre, l'ennui s'empare d'elle et elle vient se chercher un nouveau « jouet » dans notre monde. C'est à ce moment précis que je compris la raison de ma soudaine paralysie. Elle m'avait transformé en marionnette. Ces bizarres de cordes, brunes et jaunes, accrochées à mes membres et à ma tête avaient désormais le plein contrôle sur ma mobilité. Qu'avais-je fait pour me retrouver dans cette fâcheuse position lui demandai-je?

Rien, dit-elle, j'ai simplement regardé tout autour les jouets disponibles et tu m'as paru assez sympathique.

J'ai senti la frayeur me gagner. Étais-je condamné à ce rôle de jouet pour le reste de mon existence? Pour le savoir, je lui demandai timidement combien de temps elle comptait jouer avec moi. J'ai eu droit à une réponse d'enfant. Je vais jouer avec toi tant que j'aimerai ça. À moins... à moins que tu m'inventes une belle histoire.

Si tu peux toucher mon cœur, j'envisagerai de te libérer.

Autant dire que ma vie était terminée. Moi qui n'ai composé que des numéros sur un téléphone, inventer une histoire était une tâche insurmontable. Par surcroît, elle se devait d'être extraordinaire pour la toucher.

Pour gagner un peu de temps et de liberté, je lui demandai comment pourrais-je écrire avec ces ficelles qui m'empêchaient de bouger. Elle accepta de détacher ma main droite et les ficelles contrôlant ma tête. Je pouvais ainsi mieux travailler sur ce projet. Je regardais le papier qu'elle m'avait fourni. En fait, je devais le regarder déjà depuis plusieurs heures. Il refusait obstinément de se détacher de sa blancheur. J'étais perdu. Dans un geste désespéré, j'ai commencé à écrire. En fait à écrire n'importe quoi, ne serait-ce que pour vaincre cette maudite page blanche.

Je lui remis ce document. Son visage s'assombrit, elle le déchira. Me regarda avec un regard de mort.

Et puis, je m'envole à nouveau pour me retrouver dans le noir. J'ai eu juste le temps de réaliser qu'elle me mettait dans son coffre à jouets. Toutes ces émotions m'ayant épuisé, je m'endormis.
Réveil brutal. Décidément, cette petite fille devrait faire un peu plus attention à ses jouets.

Horreur! En suis-je déjà rendu à ne me considérer que comme un jouet?

Deuxième tentative pour Maïka d'obtenir l'objet de ses désirs. Elle me met en garde et m'explique que sa demande est sérieuse et que j'ai intérêt à lui donner ce qu'elle attend impatiemment. J'eu beau lui expliquer qu'il y avait erreur sur la personne, qu'il me serait sans doute impossible de réaliser son souhait. Son rire de géante résonna si fort que j'en fus secoué. Imbécile, pourquoi penses-tu que je t'ai mis dans mon coffret magique? Tu y as séjourné assez longtemps pour avoir en toi ce qu'il faut. Mon incrédulité était infiniment plus grande que cette « petite » fille. Voyant mes doutes, elle me dit simplement de réfléchir.

Son conseil a commencé à porter fruit. Je me suis souvenu de la devise d'un ami : ce qu'il te manque, cherche-le dans ce que tu as.

Mais que puis-je bien avoir de si extraordinaire pour obtenir la clé de ma liberté? C'est alors que j'ai eu cette deuxième vision. Depuis quelque temps, j'ai vécu des moments d'une intense joie. Du moins, ils l'étaient pour moi. Je réalisai que ce n'étaient pas les évènements qui étaient extraordinaires, mais la chimie de la rencontre.

Étais-je en mesure de les raconter d'une manière à satisfaire la quête d'émotions de Maïka? Pour ce faire, j'avais besoin d'aide, d'une aide à la mesure de la tâche à accomplir.

C'est alors que la troisième vision s'est manifestée. Ma muse est apparue. Elle m'a souri, de ce sourire qui n'est comme nul autre. J'ai aussitôt ressenti comme une grande chaleur. Une sorte de transfusion, non pas sanguine, mais créative. Soudain, les évènements des derniers jours se sont transformés, se sont encore embellis. Ils ont ramassé au passage quelques éléments de fiction. J'étais à mon tour transformé.

À partir de ce moment, j'aurais eu besoin de trois ou quatre mains pour suivre le flot des pensées qui se bousculaient soudainement dans ma tête.

Un titre a jailli de nulle part : « Ce soir, j'ai donné quelques pièces à un mendiant ».

Pour la suite, je n'ai fait que raconter mes rencontres des derniers jours.

J'écrivis, j'écrivis, j'écrivis.
La finale était : « ce soir j'ai donné quelques pièces à un mendiant et un ange est apparu dans ma vie ».

J'étais complètement exténué. Je pense même que je me suis évanoui parce que mon dernier souvenir était de voir Maïka lire mon, notre conte. Je ne comprenais rien ; elle avait les yeux rougis, de grosses larmes coulaient sur ses joues en effleurant son large sourire. Lorsqu'elle fut en mesure de parler, elle dit : « Je n'ai jamais reçu quelque chose d'aussi beau. » Ça me touche profondément. Je n'ai pu m'empêcher de pleurer, mais de joie. MERCI de tout cœur. Je le garderai toujours, quoiqu'il arrive. En fait, j'en suis complètement chavirée! C'est si poétique, sensible, rempli de sérénité et d'amour à la fois. Je n'arrive pas à bien expliquer ma pensée, mais je peux dire que je suis totalement sous le charme et en même temps si bouleversée. Je ne m'attendais pas à autant.

Tu es génial!

Décidément, les géantes de cet âge sont précoces. Il est plutôt rare d'entendre ces mots d'une si jeune fille. Je dois en avoir beaucoup à apprendre de ce monde.

De toute évidence, j'avais, grâce à ma muse et d'un peu de magie, réussi l'exploit. J'étais soudain devenu écrivain et même un bon. J'en étais ivre juste d'y penser. J'avais réussi l'impossible.

Avec un sourire d'une tendresse peu commune pour une personne de cette stature, Maïka me dit qu'elle respecterait sa parole de me retourner dans mon monde. J'étais maintenant aux anges. Devant ma joie, son sourire disparut. Que se passait-il soudain?

Maïka m'expliqua que pour assurer la sécurité de son monde, les humains perdaient tout souvenir des expériences du monde des géants. La joie se dissipa. C'était inhumain de vivre une telle expérience, de se découvrir un si beau talent insoupçonné et tout perdre aussitôt. Maïka me dit que je n'avais pas besoin de tout perdre, je n'avais qu'à demeurer dans son monde. Elle était même prête à m'enlever ces cordes de marionnettes, afin de retrouver mon humanité.

C'est un impossible choix, parce que cette nouvelle force provient des deux mondes. L'absence de l'un annulant tous les effets. Pourquoi tant de cruauté? Pourquoi tant d'efforts inutiles?

Maïka ne faisait que répéter qu'elle n'avait pas le choix, que c'était une question de sécurité.

Quel est ton choix? Tu veux retourner ou demeurer ici?

La réponse, quoique déchirante, était facile à décider. Ma chère Maïka, sans ma muse je ne suis plus rien. Si je reste ici, je n'aurai plus d'expériences ni de rencontres à raconter. Je serai complètement inutile. Je n'ai d'autres choix que de retourner dans mon monde.

La tristesse se voyait sur le visage de Maïka. Je me rendis compte qu'elle n'était plus la même. De petite fille égoïste et boudeuse, elle était devenue gentille. Mon conte l'avait-il vraiment changée?

Elle me prit dans ses bras et déposa un tendre baiser sur ma joue...

... qu'il est doux de flâner dans ce lit douillet de ce chez-nous loin de la maison. Je suis encore sous le charme de cette soirée d'une grande simplicité, mais en même temps extraordinaire.

Mais quel est cette espèce de pendentif qui pend à mon cou. Je suis certain que je ne l'avais pas en me couchant hier. Il est tellement ridicule avec cette stupide corde brune et jaune.

L'inscription sur le médaillon me laisse encore plus perplexe :

« Tant que tu porteras ce médaillon, ta muse te permettra de poursuivre ton œuvre remarquable ».

Avec tendresse

Maïka.

PETITE HISTOIRE DE TENDRESSE

Tu es à mes côtés ; non, en réalité, tu es mon côté. Nous sommes fusionnés, le temps de transférer toute cette énergie.

Par simple capillarité, un flux constant de tendresse envahit mon corps. Ce corps qui se retrouve maintenant tout imbibé, jusqu'au plus profond de mon cœur, de cette tendresse d'une infinie douceur que tu me génères.

Comme c'est la première fois que je vis ce type d'expérience, je me demande bien combien de temps elle mettra pour s'épuiser, après la séparation des corps. C'est vrai que je suis chargé à bloc, mais c'est aussi vrai que je veux mordre dans cette énergie et la dévorer au même niveau que lorsque je suis en contact avec toi.

Tes mains ne sont que tendresse. Je te regarde, tes yeux ne sont que tendresse et paix. Ton regard est serein. Tu dégages une telle sérénité que tu n'en es que plus ravissante. Je m'imagine alors que je t'apporte une petite partie de cette sérénité.

Soudain, au cours de la conversation, quelques larmes coulent sur ta joue. Elles sont le fruit de ce chagrin qui refait surface. Je me sens tout à coup d'une telle inutilité ; mon cœur souffre à la vue de ta souffrance. Je ne trouve rien de mieux que de t'entourer de mes bras et de te serrer pour t'apporter un peu de réconfort, mais aussi un écran de protection. Que j'aimerais retirer cette souffrance de tes souvenirs! Que j'aimerais connaître la recette de la potion qui te permettrait de tout oublier!

Le temps file trop rapidement.

Par ce que je découvre de toi petit à petit, je me rends compte que j'aurais aimé te connaître depuis au moins mille ans. Mais, au fond, je n'ai pas vraiment de regrets, parce que le temps n'était pas encore venu. Nous n'avions pas encore le bagage qu'il fallait pour nous trouver. Ce temps qui peut se faire ami ou ennemi. Ce temps que certains aiment croire qu'il peut tout arranger, alors que c'est faux. Ce temps qui mesure nos rencontres si brèves, mais si riches en émotions. Ce temps qui nous aide à nous construire des souvenirs heureux ensemble.

Ce temps, que j'aime passer à tes côtés, c'est mon précieux trésor.

CROYEZ-VOUS À LA RÉINCARNATION?

La vie d'écrivain, qu'il soit professionnel ou amateur comme moi, est parsemée d'embûches, de grandes incertitudes, de douleurs, d'oppression, mais aussi de sublimes moments.

L'expérience reliée à l'écriture de ma dernière nouvelle a consommé beaucoup d'énergie, tellement elle provenait du fond même de mes tripes. Je pense qu'elle me faisait même remettre en cause ce passe-temps de retraite. Nos passe-temps devraient être des loisirs et provoquer des rires, de la joie, bref, du bonheur. Comment en suis-je rendu à écrire des histoires si sombres. Peut-être que la réponse provient d'une muse qui y voyait une forme de thérapie.

Il est vrai qu'une partie de ces histoires inventées est autobiographique. Je ne prévois pas rédiger mes mémoires, n'ayant pas eu une vie si extraordinaire qu'elle mérite d'être partagée avec la masse. Les gens heureux n'ont apparemment pas d'histoire. C'est donc une manière pour moi de saupoudrer subtilement mon vécu dans ces récits.

Comme la vie est bonne pour moi depuis quelques années, il lui arrive parfois de me donner ce que je lui demande humblement. Mes demandes sont simples, parce que j'ai vite compris qu'elles sont plus faciles à obtenir. Pour les rêves, c'est autre chose. J'ai lu cette pensée qui disait : « Si nos rêves ont à ne pas se réaliser, du moins qu'ils soient grandioses». Ce sont, après tout, des rêves. Si l'on doit commencer à restreindre ses rêves, la vie en sera beaucoup moins agréable.

Donc, ma dernière demande était simplement de m'envoyer une muse dont l'inspiration serait légère, voire même comique. C'est drôle à dire, mais on dirait que mon représentant officiel auprès de la vie commence à bien me connaître. Comme s'il avait même le pouvoir de devancer mes demandes. Et le tout en accord avec ma philosophie suivante : « Ce qu'il te manque cherche-le dans ce que tu as.»

Avant même qu'un embryon de cette demande commence à se former dans mon esprit, j'avais remarqué une petite photo sur Internet. Une dame sur une image plutôt sombre, avec de petits yeux rouges lapins, qui semblait frêle, sérieuse, peut-être même triste et blessée. J'avais de la difficulté à me faire une idée sur cette photo et je l'ai regardé plusieurs fois avant que ma curiosité naturelle ne prenne le dessus. J'ai donc fait un premier contact pour en savoir plus. Première grande surprise, une nouvelle photo de cette interlocutrice. J'aurais pu jurer qu'il s'agissait d'une autre personne. Elle était plus jolie que sur la photo originale, mais surtout semblait dégager beaucoup plus d'assurance. Facile d'imaginer ce que cette découverte a eu comme effet sur ma curiosité. La communication, d'abord le mélange du passé et du présent, sous la forme de lettres livrées par M. Internet au lieu du bon vieux et sympathique facteur. Suivi par l'invention de monsieur Bell. J'ai rapidement constaté que l'humour, qui pointait déjà le nez dans ses écrits, était encore plus agréable à l'oreille qu'à l'œil.

Prochain chapitre, passer du virtuel au réel, voici le temps de la première rencontre qui semblait s'avérer plutôt formelle. Site neutre et surtout naturel sur la montagne. Le paysage aidant, la petite glace s'est rapidement dissipée et a laissé place à un échange où l'humour était omniprésent. C'est un bon départ même si j'ai malheureusement déjà constaté que l'humour peut prendre des formes qui sont parfois incompatibles.

Heureuse découverte, on dirait que nos humours respectifs sont jumeaux identiques séparés à la naissance. Cette découverte, de prime abord heureuse, comporte cependant une part de risque. Les jumeaux n'ont-ils pas la facilité de télépathie ? Ça ouvre la porte à une certaine vulnérabilité face à l'autre, qui peut ainsi passer outre notre carapace.

Les rencontres ultérieures ont fait fuir ces appréhensions. La complicité s'est installée presque instantanément. C'est un cadeau qui ne nous est pas offert souvent, et il est donc facile d'en apprécier la valeur. L'humour occupait une place grandissante dans nos rencontres. Une certaine rencontre était plus sombre. Malgré mon humour, j'avais passé la journée à terminer ma nouvelle sur « la petite fille qui ne pleurait (presque) jamais ». C'en est le titre. Cette histoire possède une heureuse fin, mais j'ai dû souffrir mon lot pour en arriver enfin à ce dénouement. J'ai alors fait part à ma nouvelle amie de mon intention d'écrire une nouvelle plus légère et même humoristique. Mon message à la vie était par la même occasion lancé. L'offre d'emploi de muse était dorénavant affichée. Pourquoi chercher à l'autre bout du monde, j'avais la réponse en plein visage. Cette nouvelle amie a fait jaillir cet éclair de génie. Cette petite étincelle qui allait se développer tout doucement dans mon imagination. Parce que sans raison apparente, elle avait commencé à faire de drôles de rêves. Certains étaient de manière surprenante même en anglais, alors que sa connaissance de cette langue était quasi nulle.

Tout a commencé par un rêve sur un drôle de clown, moi en l'occurrence. La source en était très claire, j'avais partagé avec elle une photo de moi avec mes plus beaux attraits colorés. Ce costume d'une époque lointaine que je revêtais pour des fêtes d'enfants. Cette photo avait dû s'imprimer dans son subconscient.

Quelques jours plus tard, je partage une nouvelle photo. Cette fois en musicien avec ma guitare. Mais aucun rêve ne s'en suivit.

Il se passa même quelques semaines avant qu'elle rêve d'un drôle de clown qui jouait, lui aussi, de la guitare.

À chaque nuit pendant une semaine, ce clown lui parlait en anglais. Elle n'y comprenait rien. Sauf le septième soir, il lui indiqua une adresse Internet. Quelle ne fut pas sa surprise de réaliser au matin qu'elle se souvenait très clairement de cette adresse. Elle l'a consulté et y découvrit la photo d'un clown jouant de la guitare. Curieux mélange des deux premières photos partagées n'est-ce pas?

Elle imprima cette photo de clown et la mis de côté. Elle songea à m'en parler, mais se trouvait ridicule avec ces histoires de rêves bizarres.

Ce drôle de clown revint dans ses rêves et cette fois, croyez-le ou non, il était déguisé en femme. Une cantatrice plus précisément, avec d'énormes faux seins.

Encore une fois, elle n'en dit mot. Cette sacrée peur du ridicule n'est pas facile à décoller.

C'est alors que l'invraisemblable se produisit. Elle rêvait encore à la cantatrice quand soudain elle fut réveillée. Elle était bel et bien réveillée, mais ce drôle de clown était toujours devant elle. Il lui commença ce discours, en français s'il vous plaît, par une petite remontrance. Pourquoi n'as-tu jamais parlé de tes rêves avec ton ami Jean-Pierre? C'est pour lui que je hante tes nuits depuis quelque temps. As-tu remarqué que ces rêves ont commencé le 26 juillet 2013? Exactement 30 ans après ma mort. Après ma vie sur terre, j'ai eu la chance de découvrir toutes les personnes sur lesquelles mon œuvre a eu une certaine influence. J'ai voulu transmettre un message personnel à certains d'entre eux. Aux plus méritants. Comme je ne peux le faire directement, je dois passer par un intermédiaire. Selon la teneur du message, le prix à payer est infime alors que pour d'autres, il est exorbitant. Dans le cas de Jean-

Pierre, le prix était assez élevé. N'était-il pas devenu clown lui-même, sous mon influence, à peine quelques années après ma mort? Est-ce une pure coïncidence qu'il ait toujours arboré la même couleur de cheveux que moi? Ce rôle de cantatrice Jean-Pierre l'aimait bien. Il l'avait découvert en regardant en reprise, une émission télé sur le premier festival de cirque de Monte-Carlo. J'y avais gagné le premier « Clown d'or » avec ce numéro qui demeurera un de mes classiques. J'avais alors 73 ans.

Tu diras donc à Jean-Pierre que je le remercie de m'avoir ainsi aimé, d'avoir suivi mes traces, même s'il est toujours resté dans un rôle purement amateur. Je le remercie d'avoir gardé son cœur d'enfant et de partager son amour des clowns. Ça faisait longtemps que je voulais lui transmettre ce message. Si tu te demandes comment cela se fait-il que tu puisses me voir même éveillée, c'est que le prix à payer était de me réincarner en partie en toi pour l'atteindre.

Pour te remercier de me servir de messagère, je dois t'avouer que cette réincarnation partielle est en partie responsable de ton grand sens de l'humour. Je t'ai transmis une partie de moi qui voyait la vie avec des yeux d'enfants et qui savait prendre la vie avec un large sourire.

Je suis convaincu que tu ne m'en voudras pas parce que tu n'y perds pas au change. Tu pourras toi aussi perpétuer mon image, celle de Josep Andreu Lasserre, mieux connu sur cette terre comme étant Charlie Rivel, artiste de cirque.

Croyez-vous à la réincarnation, même partielle ou fragmentaire? Croyez-vous que cette suite d'évènements ne soit que le seul fruit du hasard? Moi, j'ai mon idée sur le sujet. Reste seulement à vous de faire la vôtre.

Jean-Pierre, Clown retraité
Septembre 2013

MES MAINS

Je suis encore sous le choc de l'incompréhension. La fascination, que tu portes à mes mains, ne cesse de me surprendre et de m'amuser. Peu importe l'usage que je fais de ces instruments, tu réagis presque à chaque fois. Soit par un sourire, un regard ou, tout bonnement, en les prenant dans les tiennes pour les caresser ou les embrasser. C'est une première dans ma vie, qu'une personne développe une telle fixation sur cette partie de mon anatomie.

Je cherche à comprendre. Il est vrai que mes mains se sont senties chez elles lorsqu'elles ont connu ton corps. Je repense à tous les chemins qu'elles ont parcourus lors de la découverte de ce merveilleux écrin qui t'abrite. En me fermant les yeux, je vois cette main droite, qui m'est si habile, découvrir la chaleur de ton cou, caresser tes longs cheveux, masser ton cuir chevelu et poursuivre le voyage. Cette main qui glisse doucement sur ton épaule gauche, qui s'attarde le temps de faire quelques pirouettes. Un combat commence dans ma tête. Ma main demande aux yeux de se fermer afin qu'elles puissent avoir toute l'attention de mon cerveau. Mais, mes yeux ripostent et s'opposent à cette tentative de monopolisation de l'attention. Il ne faut pas longtemps pour leur rappeler que je suis une personne sensuelle, qui aime profiter de la vie, avec tous ses sens. Donc, terminé la chicane et je ne veux plus en entendre parler. Tous pourront y goûter. Ma main reprend aussitôt sa route. Voilà, soudainement, que la main gauche est jalouse de la droite et veut aussi sa part de plaisir, de volupté, bref de bonheur. Elle se met aussi en route, on dirait qu'elle veut reprendre le temps perdu. Elle augmente la cadence à un point tel que je dois la freiner, la gronder et lui rappeler qu'il faut aller tout doux, tout doux. Voilà donc la danse de ces deux mains qui s'en donnent à cœur joie sur ce parcours de sensualité. Les deux s'attardent sur ce dos magnifique. Elles vont et viennent à qui mieux mieux. Après ce long périple dorsal, l'attraction terrestre fait son œuvre. Elles descendent attirées par une force invisible. Oubliez cette foutue attraction terrestre, ce n'est que l'attraction de cette femelle désirable qui est en cause. Lorsque aucune infime parcelle de ce dos n'est restée vierge de manipulation, départ pour la prochaine étape.

Je poursuis ma route sur ces jambes douces et longues à n'en plus finir. Petite pause de caresses... ta nuque m'attire soudain! Je ne peux résister à l'envie de laisser mes lèvres divaguer sur celle-ci. Je déguste chaque millimètre de cette douce peau. Oh! Mais que vois-je?

Il me semble que cela fait une éternité, ou même deux que je n'ai pas joué de mes lèvres sur ce charmant petit lobe d'oreille. Je sais très bien que cela te donne des frissons, mais j'adore mes propres frissons à le faire. Simplement en écrivant ces mots, ces frissons refont surface. Ces divins instants de dégustation sont amplifiés par ces odeurs charnelles qui émanent de ton corps et de tes cheveux. J'aime tes odeurs, j'aime ton corps, je t'aime tout court. Trêve de rêvasseries, l'exploration n'est pas terminée. Que de beauté me reste-t-il à visiter? Je reprends le chemin de tes jambes pour aboutir à tes pieds que je caresse tendrement, mais fermement. Tu me rends la pareille en utilisant les tiens, comme de petites mains pour me serrer au passage. J'aime quand tes orteils m'agrippent fermement ou doucement.

Je remonte donc ces jambes, ne me contentant plus de les caresser avec mes mains. Ma jalouse bouche fait des siennes et tient mordicus à les suivre et les accompagner dans ce voyage sensuel.

Et là, je vous ferme la porte! Ce récit étant pour un large public, le but n'est pas d'être érotique, mais seulement d'effleurer la sensualité. Vous devrez imaginer la suite, selon vos goûts.

Maman, je dois te transmettre un message de la part d'une bonne amie. En fait, c'est plus qu'une bonne amie, c'est mon amoureuse. Elle me demande de te remercier de m'avoir fabriqué des mains de cette douceur. Dans ces mains, tu as aussi ajouté quelques ingrédients, sans doute secrets, qui leurs donnent quelques pouvoirs, dont celui de calmer, d'apaiser. Un autre pouvoir, récemment découvert, est celui que j'appelle le pouvoir d'interprétation. Lorsque je touche à quelqu'un d'agréable, mes mains semblent interpréter ce que ce corps désire. Je laisse aller mes mains, alors mues par une force invisible.

Lorsque ma main est en contact avec certaines peaux féminines, elle réagit hors de mon contrôle. Ce fut le cas avec toi et c'est avec toi, seulement, que je désire poursuivre l'expérience. C'est comme si elle suivait des instructions secrètes, dictées par la peau avec laquelle elle est en contact. Seule ma main semble posséder le code secret pour en décrypter les instructions. Mon cerveau n'a pas encore trouvé la solution. Je me retrouve donc à la merci de mes mains. Je ne peux accumuler de connaissances sur ce sujet. C'est à recommencer à chaque fois, tout en ne sachant pas s'il y aura effectivement une prochaine fois. Comme je ne connais pas la date de péremption, je dois vivre comme si c'était mon dernier jour de chance.

Les mains sont des œuvres d'art. Elles sont les outils les plus versatiles et les plus efficaces de notre corps. Elles ont plusieurs formes, d'une élégance très variable d'une personne à l'autre. Certaines sont potelées, d'autres trapues. Les miennes en sont de musicien. Elles sont délicates, avec des doigts pouvant recevoir chacun plusieurs bagues, tellement ils sont longs. Mes mains sont assez curieuses, malgré leur grande timidité. Elles sont, aussi, assez sociables et aiment la compagnie.

Mes seules infidélités à la douceur sont trois petits chapeaux de corne, qui apparaissent de temps à autre, au bout de trois doigts de ma main gauche. Ces visites occasionnelles sont le résultat d'une fréquentation, plus ou moins longue, avec Gertrude, ma guitare acoustique. Je dois dire que Gertrude n'étant pas ma favorite, nos fréquentations mêmes brèves sont intenses au point de meurtrir ma chair.

Ces mains de grande douceur peuvent aussi se faire violence lorsque je sens qu'on attaque les miens.

Mais ça, c'est une autre histoire…

En parlant d'histoire, je t'ai écrit celle-ci avec mon cœur, en pensant à toi et en revoyant certains de nos souvenirs communs, simplement pour te dire merci de me donner le goût d'augmenter l'expression de ma sensualité. Tu es une compagne formidable, tu es mon complément, tu es ma muse et tu me fais me découvrir sous un jour insoupçonné. J'ai hâte de voir le parcours qui nous attend.

Je t'aime. XXX

LETTRE D'AMOUR NO 2

À mon André,

Mon amour! Comme il y a longtemps que je n'ai pris le temps de sortir plume et beau papier pour t'écrire. Un voyage dans le temps, une évasion temporaire du monde virtuel. Plaisir renouvelé, de cette époque pas si lointaine. Il y a des choses qu'on veut crier, d'autres dire, alors que pour certaines on veut simplement les chuchoter. Je t'écrirai, avec douceur, ces mots que mon cœur veut te chuchoter ce soir.

C'est, aussi, avec une certaine tristesse que je te parlerai de ma vie des dernières années et de la lourdeur de ton absence. Qu'elle est lourde, en effet, cette absence, même après ces années. On dit que le temps arrange tout. Je pense qu'il m'a oublié; à moins qu'il n'ait simplement détourné le regard et passé tout droit, sachant qu'au fond je ne désirais pas t'oublier.

Comment le pourrais-je? Toi, mon homme, mon amour, mon complice, mon sourire, ma joie, ma vie.

La petite a eu 5 ans, cette année. Cinq ans, aussi, que tu es parti. Vous compterez les anniversaires, ensemble. Anniversaire de naissance et de décès. Les deux extrêmes réunis. Comme elle est belle, un baume sur cette plaie qui refuse obstinément de guérir. Elle avait à peine quelques mois, lors de ton départ. Elle n'aura donc pas de souvenirs de ce grand-père formidable que tu étais, malgré seulement tes quelques mois d'expérience dans ce nouveau rôle. Tu possédais toutes les qualités requises pour le poste. Malgré toute sa bonne volonté, cette petite ne peut te remplacer. Elle absorbe, cependant, une bonne quantité de mon amour, de notre amour.

Même si tu es parti dans la dignité, après ton valeureux combat, je suis encore en colère que ce satané cancer t'ait emporté. Sans vouloir enlever à la souffrance des familles de personnes souffrant d'Alzheimer, si j'avais eu le choix entre cancer et Alzheimer, ce dernier aurait été mon premier choix. Peut-être que pour enlever un bandage adhésif, le retrait rapide est approprié, mais pour la maladie, j'aurais apprécié le lent processus de l'Alzheimer. Pendant ce temps, je t'aurais perdu peu à peu, mais j'aurais pu te rendre une partie de tout ce que tu m'as apporté. Je te vois protester que le bonheur que je t'ai procuré était plus que suffisant, mais ce n'est pas mon opinion, point final! Pendant ce délai supplémentaire, nos corps et mes souvenirs, nos souvenirs, auraient été suffisants pour être encore heureux tous les deux. J'aurais aimé prendre soin de toi, te cajoler, te serrer dans mes bras, me coller, te sentir, vivre. Mais maintenant, tout ça est bien futile, tu n'es plus. Seuls, les souvenirs persistent.

Ce soir, j'ai endossé ton vieux chandail, source de nombreuses discussions. J'aurais tellement voulu le voir prendre le chemin des ordures. Tu me faisais honte, lorsque quelqu'un te voyait avec cette horreur sur le dos. Jamais tu n'as voulu céder le moindre centimètre sur ce point de discorde. Tu me répétais, sans cesse que c'était ton porte-bonheur. À cette époque, je n'avais pas encore compris. En fait je ne savais pas encore qu'il aurait, un jour, tant de valeur pour moi. Il te portait bonheur, alors qu'à moi il m'apporte bonheur. À ton décès, je pensais que le jour était enfin arrivé de me débarrasser de cette source de friction. En le prenant pour le lancer dans la grosse poubelle, j'ai remarqué qu'il était encore porteur de ton odeur. Je l'ai serré tendrement, en fermant les yeux. L'espace d'un instant, j'étais à nouveau dans tes bras. J'ai compris, alors, que j'étais dorénavant investie du devoir de défendre cette relique de notre amour. À mon tour de me battre, s'il le faut, avec les enfants et le reste de la famille, et de ne céder le moindre millimètre. Je le garde, un point, c'est tout! Fin de la discussion. À la stupéfaction générale, j'avisai même la famille de ma volonté d'être incinérée dans ce noble vêtement. La vie nous réserve, parfois, de drôles de surprises.

Je sens ta présence à mes côtés, ce soir. Je sais que tu regardes par-dessus mon épaule. Cette curiosité qui t'allait si bien semble donc t'avoir suivie dans l'éternité. Cette curiosité qui t'a fait t'intéresser à beaucoup de choses et à vouloir rencontrer beaucoup des gens. Ces enseignements de la vie, tu les as toujours partagés avec moi, enrichissant ainsi ma propre vie au passage.

Postes Canada ne livrant pas encore à ta nouvelle adresse, je vais donc mettre cette lettre dans le tiroir de la table de chevet. À portée de la main ou de la pensée. Elle veillera, comme toi, sur mon sommeil et mes rêves. Dans mes moments pénibles, et ils sont encore présents, je pourrai la relire.

Je devine que si tu pouvais me parler, tu me gronderais pour ne pas, selon ta volonté, avoir refait ma vie malgré le passage de toutes ces années. J'ai toujours affirmé, de ton vivant, que tu avais été le premier et le seul homme de ma vie. C'est encore plus vrai, depuis ton départ. Je réalise qu'il me restait encore beaucoup d'amour à te donner et que cet amour ne peut appartenir à aucun autre homme. Tant qu'il occupera autant d'espace dans mon cœur, nul ne pourra y entrer. À mes yeux, nul n'est digne de te remplacer. Les filles, grandes et petites sont maintenant ma joie. Je perpétuerai ton souvenir pour que nul ne t'oublie.

Je t'embrasse tendrement. Tu me manques encore tellement, tellement, tellement...

Ton épouse pour toujours.

Le 9 novembre 2013

LA PETITE FILLE QUI NE PLEURAIT (PRESQUE) JAMAIS

Ce soir à l'aube de mes 60 ans, je repense à quelques étapes importantes de ma vie et celle qui me frappe le plus est ce jour de mes 18 ans...

Comme il est beau ce gâteau d'anniversaire avec ses 18 chandelles témoin de la majorité atteinte. Je suis encore incertaine des sentiments qui émergent de ce nouveau statut. J'en ai même envie d'enlever mes bouchons magiques pour laisser sortir cette peine qui veut m'étrangler, m'étouffer...

Pour certains, cette étape représente la liberté; alors que pour moi, cela représente plutôt un abandon qui s'additionne aux autres. Le système public prend en charge les orphelins jusqu'à l'âge de la majorité. Par la suite, c'est bon débarras et débrouille-toi.

Donc, cette triste séquence a débuté à peine quelques semaines après ma naissance. Contrairement à mes amies, je n'ai pas été remise en adoption de façon conventionnelle, j'ai plutôt été abandonnée sur le perron de l'église. Avec l'évolution de la société, les lois relatives à l'adoption ont été modifiées pour permettre aux adoptés, pas comme moi, de retrouver leurs parents... « Bio » comme ils disent. Comme si c'était des carottes ou des navets. Probablement que les miens étaient navets. Du moins, je l'ai parfois ragé ainsi. Mais ça n'a fait que noircir mon cœur. Combien de fois ai-je rêvé à cette rencontre avec «ma» mère? Je ne peux utiliser que cette désignation parce que la vie m'a joué le vilain tour de m'empêcher de connaître une mère adoptive. Il y a bien eu quelques tentatives de braves gens. Certaines plus marquantes que les autres, comme celle de ce couple qui hésitait entre adopter un garçon ou une fille. Je devais avoir 6 ans à cette époque et j'étais trop jeune pour me rendre compte que les dés étaient pipés. Mes futurs parents étaient cultivateurs, comme on appelait les agriculteurs de l'époque. Sur une ferme, un garçon grand et fort est plus utile qu'une fille qui n'attendra que le jour de son mariage pour s'enfuir de la maison. C'était évident que cet essai n'était que le prétexte d'un homme voulant plaire à son épouse. C'est donc avec le cœur débordant d'espoir que j'ai mis mes maigres possessions dans un petit sac de papier brun. J'allais rencontrer mon papa et ma maman. La première semaine s'est bien passée, mais la suite s'est rapidement dégradée, puisque mon nouveau papa voulait me faire jouer le rôle d'un grand garçon, alors que la petite fille que j'étais croulait sous le poids de la charge de travail. À peine un mois plus tard, je retrouvais mon lit dans le dortoir de l'orphelinat. Retour à la case départ ou presque. Faute de parents, j'avais au moins quelques amies.

Par la suite, il y a bien eu 7 ou 8 autres tentatives, toutes infructueuses pour diverses raisons. Puis un jour, « la » rencontre. J'avais presque 13 ans à cette époque. Ce couple rêvait d'adopter une petite fille et lorsqu'ils m'ont aperçu, il s'est passé quelque chose d'extraordinaire. J'étais toute frémissante de les voir, et ils semblaient dans le même état que moi. C'était semblable, mais plus fort que lorsque j'avais rencontré le fils du jardinier de l'orphelinat. J'apprendrai, plus tard, que c'étaient des coups de foudre. Me voilà donc avec une vraie famille. J'ai enfin un papa et une maman. J'ai peine à y croire et j'ai sans cesse peur que tout s'écroule en raison d'une faute de ma part. Mais cela fait un an que j'ai l'immense joie de la vie de famille. Ah oui! Je ne vous ai pas dit que j'avais un frère, Paul. Il n'était pas un adopté. Ma future mère adoptive voulait une petite sœur pour Paul, elle a cependant vécu un accouchement qui a failli mal tourner. La petite n'a pas survécu. C'est un peu grâce au sacrifice de cette petite que j'ai pu me trouver ces parents si merveilleux. L'accouchement fut si difficile pour ma mère qu'elle a failli y laisser sa propre vie. Le docteur lui a fortement recommandé la stérilisation parce que c'était à peu près certain qu'elle ne survivrait pas à une autre grossesse. Elle a sagement suivi le conseil de ce dernier. La présence d'une fille lui manquait tellement qu'elle a convaincu son mari d'entreprendre les démarches d'adoption. La vie était enfin bonne pour moi. Pour certains le chiffre treize est un signe de chance, mais pour la majorité dont je fais partie, ce n'est qu'un signe de malheur. Treize mois, c'est ce que j'ai eu de bonheur. Ma mère avait survécu à l'accouchement, mais elle y avait laissé sa santé. Peu de temps après avoir célébré mon premier anniversaire avec ma famille, maman fut foudroyée par un anévrisme. La mort fut instantanée. Mon père a été tellement affecté par la mort de son grand amour qu'il sombra dans une profonde dépression. Il était maintenant incapable de s'occuper d'une famille et dut se résigner à mettre ses deux enfants à l'orphelinat. Je me disais qu'au moins je resterais avec mon frère. J'ai très vite réalisé, qu'à cette époque, les orphelinats mixtes n'avaient pas encore vu le jour. Paul a été acheminé dans un autre orphelinat situé si loin que je le croyais rendu au bout du monde.

La vie devait reprendre son cours normal, mais la mienne elle était tout sauf normale, ma vie. On venait de me retirer le seul soupçon de normalité qui m'avait procuré tant de bonheur. Comment retrouver une parcelle de celui-ci avec toute cette peine qui m'accable? Il y a des jours où je regrette d'avoir goûté au bonheur. Ce qu'on ne connaît pas, ne nous manque pas. C'est plus difficile de perdre quelque chose de bon qu'on a déjà goûté, dégusté et savouré. La vie n'avait plus aucun sens et je ne voyais maintenant la mort que comme unique solution. J'ai bien tenté de lutter, d'y échapper, mais sans succès. Je devais donc passer à l'acte. Les moyens sont assez limités dans un orphelinat. J'en conclus rapidement que mon meilleur outil était la rivière qui coule à l'arrière du bâtiment principal. La date de délivrance serait le premier jour du mois prochain. Nouveau mois, nouveau départ. Ça me laissait quelques jours pour fignoler les détails. Il serait un jeu d'enfant d'attendre quelques heures, après la fermeture des lumières, pour échapper à la vigilance de mes geôliers.

Finalement, ce fut plus facile que prévu. Perdue dans mes pensées, je réalisais que n'eut été de la finalité de mon voyage, j'aurais rebroussé chemin tellement j'étais terrifiée par la noirceur et les bruits étranges de la forêt à cette heure tardive. Soudain, sorti de nulle part, une étrange silhouette est apparue devant moi. Je ne pouvais distinguer son visage. Il avait cependant une voix calme et paisible qui a fait fuir les derniers signes de peur. Il commença la discussion en m'appelant par mon prénom.

Comment pouvait-il le savoir? Avec sa carrure imposante, j'aurais sûrement eu souvenir d'une précédente rencontre. Ce qui n'était évidemment pas le cas. Comment a-t-il pu savoir? Mon étonnement fut à son paroxysme lorsqu'il me révéla qu'il connaissait mes lugubres plans et qu'il me rencontrait pour me fournir un moyen d'apaiser les souffrances relatives à mes malheurs répétitifs.

Pour répondre à tes interrogations, je suis Brandaraous, illustre magicien immortel. Mon rôle est d'aider les plus démunis lors de situations extrêmes. Je vais te remettre de petits bouchons magiques. Tu les places au coin de tes yeux et, tant et aussi longtemps qu'ils seront en place, l'impact de ta peine sera réduit de 90 %. Je ne veux pas l'enlever complètement parce que tu deviendrais sans cœur et ta vie serait misérable d'une autre manière. Je veux aussi que tu saches qu'il t'arrivera des occasions qui mériteront de verser quelques larmes. Tu pourras retirer tes bouchons et ainsi contrôler la durée de tes pleurs. Il me montra comment les installer correctement. Il s'évapora, laissant place à un genre de vapeur tiède. Restée seule, je songeais à ce que je devais faire. Continuer mon plan original sans tenir compte de cette histoire abracadabrante, ou me laisser guider par ma curiosité et voir si ces bouchons sont aussi efficaces qu'il le disait.

J'hésite. Est-ce que j'ai la force requise pour faire face à une nouvelle déception? Mais qu'est-ce que je dis là? N'étais-je pas en route pour mettre fin à cette existence minable? Pourquoi ne pas tenter la chance? Qu'ai-je à perdre? Quelques jours de moins au paradis, s'il existe? Si l'expérience n'est pas concluante, ça me fera juste une raison supplémentaire de mettre mon plan initial à exécution.

Je n'ai jamais eu d'autres contacts avec mon père adoptif. J'ai entendu dire que la dépression, cet abîme, l'avait avalé pour de bon. Pour un temps, j'ai presque suivi ses traces. Tel père, telle fille. Ironique, pas vrai? N'eut été de ma magique rencontre, j'aurais vraiment suivi son exemple.

La vie continua son cours avec son lot de misères et de déceptions, mais je me suis vite rendu à l'évidence que mes nouveaux petits amis magiques faisaient leur travail.

À ma sortie de l'orphelinat, voulant me donner toutes les chances de faire une belle vie, je mis le cap sur la grande ville. Mais que faire lorsqu'on est seule au monde? Pas de famille, pas d'amis, nulle part à demeurer. Heureusement, j'ai fait la rencontre de Raoul. Il était gentil avec moi. C'était nouveau, j'avais du mal à m'y faire. Il m'apportait ce que j'avais toujours voulu. La vie serait enfin bonne pour moi. Je pourrais me débarrasser de ces bouchons devenus inutiles. C'était sans compter ma triste réalité. Le gentil Raoul se transforma, et je constatai que je venais de mettre mon corps au service de la prostitution pour mon nouveau souteneur, comme on les appelle. Comme je n'étais pas prête à affronter la réalité, j'avais été une proie facile pour tous les exploiteurs rencontrés jusqu'à l'âge de 23 ans. J'étais devenue une loque humaine, un zombie. Sans mes bouchons, je n'aurais jamais eu la force de supporter ces viols à répétition. Même s'il était chaque jour de plus en plus mince, l'espoir d'une vie meilleure était encore présent.

Il était plus de 23 heures ce soir-là, et le soleil a brillé. Je reconnus facilement cet homme d'Église, aumônier à l'orphelinat, qui avait été un des rares adultes vraiment gentils avec moi. Je me souviendrai éternellement de son nom : Gaston Larouche. Je m'approchai de lui, voulant le serrer fort dans mes bras. Il eut un petit geste de recul. Je compris rapidement qu'il ne me reconnaissait pas. Comment le pouvait-il? J'avais peine à le faire moi-même devant une glace. Je m'identifiai, donnai des détails sur l'orphelinat. De lourdes larmes se sont mises à couler sur ses joues. On aurait dit que toute la misère du monde venait de le frapper en plein cœur. Je pensais même qu'il était sur le point de tomber à genoux, tellement il était atterré. Il me prit dans ses bras d'une manière tellement différente des hommes que je devais sexuellement satisfaire. J'avais l'impression de recevoir au lieu de donner. Il m'a parlé d'une maison pour jeune fille dont il était aussi l'aumônier. Non merci, lui répondis-je, l'orphelinat j'ai déjà donné et j'ai eu ma dose. Il m'expliqua doucement et lentement que le but de cette maison était de favoriser la réinsertion sociale. Contrairement à l'orphelinat, j'en sortirais mieux équipée pour me débrouiller dans la vie, peut-être même enfin, un vrai nouveau départ. Je le laissai me guider jusqu'à cette maison. Une drôle de sensation m'enveloppa lorsque j'entrai dans celle-ci. Je me sentais en sécurité. Personne ne menaçait de me frapper. Pas de violence verbale non plus. Juste de l'amour inconditionnel. Je savais que ça existe, mes parents adoptifs me l'ont, trop brièvement, démontré. J'ai passé quelques mois dans cette maison. Le temps de reconstruire la personne que je devais enfin être.

Au fil de ces mois, je prenais souvent des marches, pour bien réfléchir à tout ce que j'apprenais de nouveau et aussi pour prendre de l'air pur. Au cours d'une de ces promenades, j'ai croisé un gars qui avait l'air sympathique, malgré son air amoché. Nos regards se sont croisés, mais aucune parole ne fut prononcée. Ce soir-là, je repensai à ce jeune homme qui m'avait tant impressionné. Qui était-il? Que faisait-il? Tout en m'intriguant, il me rappelait ces souteneurs agresseurs. J'avais peur de tomber sous son charme et retomber dans ma vie de misère. Les efforts de mes nouveaux amis commençaient à porter fruits et je dois dire que j'appréciais maintenant chaque minute de cette vie.

Quelques semaines se sont écoulées avant la deuxième rencontre avec le mystérieux jeune homme. Lorsque je le revis, au contact de ses yeux, une douleur intense me traversa. J'étais attirée vers lui par une force irrésistible. Cette force d'attraction avait l'air partagée, parce que le bel inconnu m'adressa la parole. Il m'apprit qu'il avait eu une vie difficile et qu'il était, tout comme moi, dans une maison de réinsertion sociale. Il s'appelait Jean, de quelques années mon ainé. Il luttait pour se sortir de la rue et comme moi une rencontre importante a changé le cours de sa vie. Georges, issu lui aussi de la rue, qui avait réussi à s'en sortir et qui vouait sa vie à aider d'autres victimes du sort, à aspirer à une vie meilleure. Georges avait rapidement constaté la valeur de Jean et avait décidé de le prendre sous son aile. Ils se voyaient régulièrement et Georges l'encourageait comme un père l'aurait fait pour son fils.

Nos promenades n'avaient plus rien de solitaire. L'amour s'était bien installé dans notre vie et nous nous apportions un support réciproque. Il serait sans doute plus facile de s'en sortir à deux. La vie nous promettait un avenir meilleur, jusqu'à ce jour fatidique au cours duquel Jean avait acquis assez de confiance pour me parler de son sombre passé, de sa chute dans la drogue, la prostitution et toutes ces expériences des loques humaines de la rue. D'ailleurs, ses tatouages en étaient encore les témoins.

Non, ce ne sont pas ces tristes révélations qui m'ont anéanti. Jean m'a appris que sa vie de misère avait commencé à la mort de sa mère. Son père n'avait jamais supporté cette perte et il s'était retrouvé dans un orphelinat. Ça faisait beaucoup de coïncidences avec une partie de mon histoire. Paralysée par le choc initial, je ne dis pas un mot. Quelques jours plus tard, n'en pouvant plus, j'ai repris cette discussion avec Jean. Je voulais en savoir plus. J'ai alors reçu la pire nouvelle de ma courte vie. Il m'a raconté qu'il était tellement en colère contre son père de l'avoir abandonné qu'il l'a renié. Il est allé même jusqu'à changer son prénom. Jean était né, *PAUL* était maintenant mort. J'avais soudain l'impression que c'était moi, la morte. C'était trop de coïncidences. Jean était mon *FRÈRE* perdu.

Ne me dites pas que le destin peut-être si sadique au point de m'enlever mon bonheur encore une fois. La somme de mes épreuves antérieures n'arrivait pas à la cheville de l'atrocité de cette nouvelle. J'eus juste le temps de confirmer cet ignoble tour du sort à Jean, avant de m'enfuir. Malgré mes bouchons, la douleur était si intense. Voilà probablement ce à quoi pensait le magicien, en me disant que je voudrais les ôter de temps à autre. Je me cachai dans ma chambre, ôtai mes bouchons et le déluge s'abattit sur moi. Jamais douleur ne fut aussi vive. Je compris que c'était trop, que j'avais atteint ma limite, mon seuil de tolérance.

Je reprendrai donc mon plan « A » et retournerai à la rivière qui m'apportera, enfin, la délivrance.

Je restai deux jours dans ma chambre. On frappa à ma porte pour m'annoncer que j'avais une visite. Jean, inquiet de ne pas me revoir après la découverte de cette fraternité, voulait me parler. Me faire la morale, serait plus approprié dans ce cas. Qu'en était-il devenu de notre promesse de s'en sortir ensemble? Pourquoi abandonnais-je si rapidement sans combattre? Parce que je n'avais pas la force peut-être? Alors, pourquoi ne pas trouver cette force à deux? Je pleurais comme une Madeleine, mais pour la première fois de ma vie, c'était des larmes de joie qui coulaient. Je ne voulais surtout pas remettre mes bouchons parce qu'elles étaient délicieuses ces larmes. Pour la première fois de ma vie, quelqu'un va se battre à mes côtés. Jean m'a fait comprendre que nous avons de nouveaux amis qui pourront nous aider. Peut-être que des frères et sœurs d'adoption peuvent se marier, après tout. Les premières pensées étaient décourageantes. Un ami notaire de l'abbé Larouche entreprit de faire des démarches pour retrouver les papiers d'adoption, point de départ logique pour la suite des démarches. Quelques semaines plus tard, il nous convoqua, Jean, l'abbé Larouche, Georges et moi parce que la nouvelle qu'il avait à nous annoncer ne pouvait se dire au téléphone. Ma nature, plutôt portée vers l'insécurité, me prédisposait à recevoir une nouvelle pire encore que la dernière.

Le notaire commence donc en s'excusant de nous avoir ainsi convoqués, mais l'importance de son message faisait en sorte qu'il n'avait pas vraiment le choix. Voilà donc les pensées noires qui reprennent le dessus. Une chance, Jean me tient fermement la main. Je la sens comme une ancre qui maintient en sécurité la frêle épave que je suis.

Finalement, le notaire reprend son discours. J'ai retrouvé les papiers d'adoption. Jean ou Paul, votre père, comme bien des hommes de cette époque, n'était pas trop porté sur les papiers. En consultant le dossier, ce qui saute aux yeux, c'est que ce dernier n'a jamais signé les papiers d'adoption, faisant en sorte qu'au regard de la loi, celle-ci n'a jamais eu lieu. Vous n'êtes, de ce fait, pas frère et sœur.

J'ai pensé que vous apprécieriez apprendre cette nouvelle en compagnie de ces personnes qui sont vos mentors.

Cet homme de loi avait vu tellement juste. Les larmes coulaient encore à flots. Encore ces larmes de bon goût, Dieu qu'elles sont délicieuses.

La vie reprit son cours. Notre stage dans la maison de transition étant terminé, Jean et moi avons trouvé du travail. Nous avons suivi des cours du soir pour améliorer notre situation. Nous avons réussi. Nos moyens financiers s'améliorant, nous nous sommes mariés.

En ce grand jour, le groupe, jadis autour du bureau du notaire, était de nouveau réuni. Comme ce dernier m'avait déjà confié que ce serait avec un grand honneur pour lui de me servir de témoin, il respecta sa parole et il se tenait fièrement à mes côtés. Gaston a célébré notre mariage, la gorge serrée par l'émotion. Jean, mon homme, ma force, mon inspiration illuminait d'amour. Georges, le dur à cuire, le tatoué avait peine à contrôler ses émotions. Je réalisai que voilà la famille que la vie m'avait apportée en cadeau.

De cette union, trois beaux fils sont maintenant une part importante de notre bonheur et notre fierté. Le premier s'appelle Paul, en souvenir du début de la vie de Jean. Les prénoms des second et troisième ne pouvaient être autres que Gaston et Georges sans qui, et sans l'ombre d'un doute, cette histoire n'aurait jamais vu le jour.

Épilogue

Aujourd'hui est un grand jour. Après la naissance de notre premier fils, j'avais fait la promesse de faire un certain pèlerinage. Un jour, je retournerai à la rivière, cette fameuse rivière qui aurait dû être ma dernière demeure.

Quelques années plus tard, me voici donc sur la rive. Le but de cette visite est de jeter dans cette eau les bouchons magiques, cadeau de ce gentil magicien. J'ai compris qu'ils devaient me servir de support temporaires, en attendant les vrais outils qui me permettraient de mieux contrôler mes pleurs. Ces outils sont ma grande joie et ils ont pour noms Jean, Georges et Gaston. Je n'ai plus besoin des bouchons et je n'aurai certainement pas besoin de les laisser en héritage à mes enfants. Je m'assurerai que les rires, sourires et câlins soient plus abondants que les larmes.

UN SOURIRE EN CAVALE

Après un copieux souper, en me promenant dans un paisible quartier résidentiel lors de ma marche quotidienne de retraité, j'ai fait la rencontre d'un sourire à la triste mine. Il faisait peine à voir. Je n'avais jamais vu un tel chagrin, sur ce qui avait pourtant l'air d'un sourire exceptionnel.

Il avait le moral si bas que j'ai dû mettre un genou par terre pour le ramasser et le mettre au creux de ma main, le temps qu'il me raconte l'objet de ses malheurs.

Je me suis sauvé d'une bouche qui ne m'utilisait jamais. Un vieux grippe-sou qui avait trop de rancœur et d'avarice pour s'abaisser à sourire. Cet environnement, je l'ai enduré trop longtemps dans l'espérance d'un improbable changement. Ma patience a atteint sa limite. J'ai profité de son sommeil. Une chance, pour moi, qu'il avait dernièrement développé l'habitude de dormir la bouche ouverte. Mon évasion ainsi facilitée, je me suis glissé doucement hors de cette bouche, source de tant de haine et de violence. Depuis quelques heures, je cherche une nouvelle demeure plus réjouissante que la dernière.

Étant moi-même doté d'un naturel heureux et positif, je ne pouvais lui offrir de l'accueillir, j'avais déjà le mien. Notre conversation avait malgré tout permis à son moral d'atteindre de nouveaux sommets. J'en profitai donc pour le laisser s'envoler vers l'éventuel fruit de sa quête. Il disparut dans la noirceur qui nous avait rejointe.

Je poursuivis mon chemin en songeant à cette rencontre plutôt inhabituelle, me demandant si je ne venais pas de rêver. Par crainte d'être la risée de la famille, j'ai décidé de passer cette expérience sous silence. Ma vie reprit son petit bonhomme de chemin. Au cours des années suivantes, j'ai repensé à ce sourire, me demandant s'il avait trouvé son trésor.

Des années plus tard, je rencontre une dame d'un certain âge pas vraiment jolie, mais qui arborait un sourire des plus radieux.

Une force invisible me pousse à l'aborder. Je ne peux m'empêcher de regarder ce sourire magnifique, avec un certain air de déjà vu. Soudain, je n'entends plus la voix de la dame parce que... c'est lui! C'est lui! Je le reconnais, on ne peut certainement pas l'oublier, c'est ce sourire rencontré il y a si longtemps. Il semble avoir, enfin, trouvé sa demeure idéale. Et voilà qu'il me confirme ma première impression. Lui aussi me reconnaît et il est tout excité de me raconter son histoire.

Après notre rencontre, il a erré pendant des jours et des jours. Cherchant une personne qui saurait tirer profit de cet atout. Vint une rencontre avec une petite fille. Elle n'avait pas beaucoup d'amies, parce qu'elle ne souriait pour ainsi dire jamais. Elle avait de vilaines dents et avait honte de les montrer. Le sourire y a vu une occasion en or de faire deux heureux. Il l'a suivi jusqu'à sa maison. Il lui fallait trouver un moyen de se glisser dans cette bouche. Il l'espionnait discrètement, pendant quelques instants. Elle se dirige vers la porte de la salle de bain, y entre et sort sa brosse à dents. La synchronisation est primordiale. Elle se brosse les dents, et lorsqu'elle est prête à se rincer la bouche, le sourire s'y glisse rapidement juste avant qu'elle ne la ferme pour s'assurer que son rince-bouche atteigne bien tous les recoins. Après quelques instants, elle crache et découvre avec stupéfaction ce splendide sourire qui orne maintenant sa bouche. Elle court le montrer fièrement à papa, maman, ses frères et ses sœurs. Dès le lendemain, elle devient la plus populaire de son école. Tous veulent, maintenant, être amis avec elle. Malgré cette nouvelle célébrité qui la rend heureuse, elle conserve son humilité et sa gentillesse. Après quelques mois, personne ne fait maintenant plus attention à son sourire parce qu'ils ont appris à connaître la gentille fille qui se cachait derrière.

Un jour, dans le cadre d'un travail scolaire, la jeune fille rend visite à des personnes âgées dans une résidence. Ce sont des personnes qui ont été abandonnées, depuis longtemps, par famille et amis. D'avoir ainsi de la jeune visite leur apporte un peu de soleil. Elle aperçoit, dans un coin, une personne particulièrement triste. Elle s'avance vers elle. Elle constate que des larmes coulent sur ses joues. Elle lui prend doucement la main et commence à la caresser tendrement, affectueusement. Tout à coup, les larmes cèdent la place à un fantastique sourire. La jeune fille est fière d'être l'instigatrice de ce nouveau bonheur, aussi bref puisse-il durer.

Ce qu'elle n'avait pas remarqué, c'est que c'était son propre sourire qui venait de changer de domicile. Elle continuait, cependant, à sourire parce qu'elle en avait acquis l'habitude. Personne à la résidence ne se rendit compte du changement de sourire de la jeune fille. Certes il était moins flamboyant, mais tout aussi joyeux et apaisant.

Le soir venu, la petite fille en se brossant les dents ne se rendit même pas compte que ces anciennes dents étaient revenues. Elle ne voyait plus ses vilaines dents, mais son beau sourire. En fait, elle souriait de l'intérieur. Sa confiance était maintenant suffisante. Les jours suivants, à l'école, personne non plus ne se rendit compte du changement. Elle n'avait, donc, plus aucun besoin de béquilles.

Pendant ce temps, le héros de ce récit faisait tranquillement son nid dans cette nouvelle demeure. La dame, si triste, quelques instants auparavant nageait maintenant dans le bonheur sans savoir pourquoi. Elle souriait à belles dents. Tout à coup, chacune des personnes qu'elle voyait se précipitait pour venir lui parler, attirée comme par un puissant champ magnétique. La dame ne comprenait rien, mais adorait cette agréable sensation. Elle était aux anges. Il ne restait qu'à départager lequel, du sourire ou de la dame était le plus heureux. Le sourire avait, enfin, trouvé le parfait bonheur. Il planifiait dorénavant de finir ses jours dans cette formidable bouche.

Avant de me quitter, le sourire me remercia de lui avoir remonté le moral dans sa période dépressive. Mon intervention lui avait donné les ailes nécessaires à la réalisation de sa quête. Il considérait qu'il me devait son bonheur en grande partie et me récompensa en me transférant une partie de lui-même, afin que jamais nul n'oublie l'autre en le portant dans sa bouche ou dans son cœur.

Le 27 novembre 2013

LES LARMES MYSTÉRIEUSES

En cette soirée triste et froide de janvier, je repense à quelques conversations que nous avons eues dernièrement, au cours desquelles tu t'interrogeais sur la quantité anormale de larmes qui s'écoulent de tes yeux, depuis un certain temps. C'est vraiment bizarre. C'est à n'y rien comprendre. Peut-être que ton médecin pourrait trouver la solution.

Tu as remarqué, c'est surtout l'œil droit qui fait des siennes.

Comme c'est étrange...

Quelle signification se cache dans ce mystère lacrymal? Est-ce un étrange microbe qui l'irrite? Est-ce que cet œil est subitement devenu très sensible aux courants d'air et pas l'autre? Est-ce que cet œil est triste et l'autre joyeux? Est-ce que tu te sens en même temps, heureuse et mélancolique, et que chaque œil l'exprime à sa manière?

Te souviens-tu de cette fois où tu étais assise dans ton fauteuil? Tu sentais que tes yeux étaient mouillés et, sans raison apparente, une larme a coulé doucement sur ta joue. Tu te demandais comment elle avait pu couler ainsi.

C'était impossible qu'elle ait pu se frayer un chemin hors de son nid. Tu n'étais pas si triste, après tout. Te rappelles-tu que ce fût au moment précis où je venais de quitter la pièce?

Je m'étais alors retenu, de toutes mes forces, pour ne pas trahir cet instant merveilleux. Cette larme, qui semblait sortie de nulle part, n'était pas tienne. En fait, elle était devenue tienne parce qu'elle naviguait dorénavant sur ta joue, mais elle venait de moi. Sois sans crainte. Si tu avais pu la regarder bien en face, cette larme, tu aurais vu son large sourire. C'était une larme de joie. Cette joie qui me remplissait le cœur à la pensée que tu étais maintenant dans ma vie et que tu y prenais une place grandissante de jour en jour.

Une infime partie du mystère est résolue. J'ai humblement avoué ma culpabilité. Les spécialistes des « bobos » devront se pencher sur ton cas, pour la solution du reste de l'énigme.

Je veux juste te rappeler que je t'aime et que je suis sensible à ce que tu vis.

Ton amoureux

ODE À L'AMOUR

L'Hymne à la joie de Beethoven me trotte doucement dans la tête et mes pensées vagabondent dans toutes les directions. Cette neuvième symphonie est vraiment énergisante et me donne le goût de créer et de m'exprimer. Finalement, cet hymne à la joie me mène vers un autre hymne, celui de l'amour. Il ne sera semblable à aucun autre, parce que je le veux mien.

J'ai vécu toute ma vie avec une définition de l'amour. Définition enseignée par mes parents et par la société.

Toutes ces années, j'étais convaincu que je savais ce qu'était l'amour. N'avais-je pas aimé profondément quelques femmes que le destin avait mises sur mon chemin, au point de faire route avec elles pour de longues périodes?

J'ai aussi dit et répété, jusqu'à le croire, qu'il ne faut pas confondre amour et amitié. Même si, à l'occasion, la marge semble d'une minceur anorexique.

Je l'avoue maintenant, je me suis trompé et magistralement.

Pour quelle raison, cet acte de contrition tardif?

De récents évènements ont gravé cette réflexion au plus profond de mon crâne. Impossible de penser à autre chose.

Alors, dans un effort de libération, j'ose croire que de coucher ces pensées sur papier me permettra de reprendre le contrôle de celles-ci.

J'ai, par conséquent, fait un genre de bilan des personnes qui ont eu un impact majeur dans ma vie. J'ai réfléchi sur nos relations, réfléchi et encore réfléchi. C'est alors que ça m'a frappé d'un direct en plein visage.

La liste débute, de ce fait, par les inconditionnels. Ceux qui vous aiment, généralement peu importe ce que vous pouvez faire comme imbécillités. Et j'ai nommé : les membres de notre famille. Autant la famille proche que la grande famille. J'ai eu la chance d'avoir un coup de foudre avec des membres de ma grande famille. Imaginez un coup de foudre à six. Et je ne vous cause même pas d'échangisme.

Par la suite, il y a les premières amourettes de l'adolescence. Suivi de la première vraie blonde qui dure longtemps. En cours de route, une amie cueillie ici et là.

À chaque fois, se poser LA question : Est-ce une amie ou suis-je en amour? Est-ce par vanité que j'accepte que cette belle femme devienne mon amie ou est-ce simplement parce que je suis bien en sa présence? Serait-ce tout simplement ce petit démon de l'attirance sexuelle qui frappe? Personnellement, je n'y crois pas. Je pense que c'est au-delà de la sexualité.

Je pense que d'être bien avec quelqu'un est un signe que les planètes, ou toute autre force suffisante, nous ont poussés vers un destin inconnu. La vie nous permettra peut-être de découvrir vers quelle destination nous nous dirigerons.

À ce point de ma vie, je réalise qu'aucune de mes amies n'a été une conjointe et aucune conjointe n'est demeurée mon amie, passé la séparation.

Selon les concepts de la civilisation nord-américaine, je suis considéré seul, c'est à dire sans conjointe. Selon mes concepts, j'ai fait le choix de demeurer un certain temps sans conjointe. Je n'ai aucune idée de la durée de cette période d'expérimentation, de retour vers moi-même. Remarquez que je n'ai pas dit seul. Je ne suis jamais seul lorsque mes anges (gardiennes) veillent sur moi.

Ainsi, lorsque je regarde derrière moi et que je vois ces quelques visages qui composent ce groupe très restreint que sont mes amies, je suis émerveillé de constater les différences que ces femmes peuvent avoir. C'est comme si chacune venait compléter une partie de ma personnalité ou simplement une partie de moi.

Chacune a sa façon d'être avec moi et j'ai ma façon d'être avec chacune. Il me serait maintenant impossible d'envisager mon existence sans elles. Je sais, ce n'est pas réaliste de penser qu'elles seront toujours là, mais je pense qu'il en restera au moins une, qui sera mon phare ou ma bouée.

La question était de ne pas mélanger amour et amitié. Je pense que c'est impossible, parce que je me rends compte que j'ai un très profond amour pour ces amies précieuses. Cet amour est plus grand que celui que j'ai vécu avec mes conjointes. Un amour inconditionnel et fraternel. C'est un amour grandiose, selon certaines personnes, mais c'est un amour authentique. Peut-être plus authentique que celui de Roméo et Juliette.

Mes amies, oui, je vous aime! Oui je vous ai aimé! Et oui, je vous aimerai encore et encore.

Cet amour est aussi sans censure. Cette fameuse censure qui guette tous les couples. N'oublions pas que le but premier dans un couple est de plaire à l'autre, ou du moins de ne pas lui déplaire.

Dans mes relations amicales, nul besoin de prendre des gants blancs. Évidemment, nul besoin de les blesser, de leur faire mal simplement pour le plaisir. Nos amies sont des bijoux de grande valeur, il nous faut en prendre bien soin.

Cet amour inconditionnel fonctionne dans les deux sens.

Il se doit de fonctionner dans les deux sens.

Oubliez, cependant, le livre de comptes servant à contrôler si chacun reçoit sa part du marché. Cela n'à aucune importance. Ce n'est pas quantifiable, ce n'est après tout que de l'amour. Les scientifiques n'ont pas encore trouvé de machines, ou d'instruments, qui soient capables de mesurer l'amour. Et c'est bien ainsi.

Oui, ces femmes, je les aime : pour ce qu'elles sont, pour ce qu'elles m'apportent et ce que nous nous apportons mutuellement.

Oui, cet amour est grand et fort.

Oui, cet amour est plus durable que bien des amours de couples.

Oui, cet amour, j'aurais envie de le chanter haut et fort pour que tous puissent entendre. Mais comme je suis égoïste, c'est mon cadeau, mon trésor à moi et je ne le partage pas, sauf avec elles.

UN DRÔLE D'OISEAU

Ce matin, un drôle d'oiseau s'est présenté aux mangeoires.

Je le regardai et fut subjugué par son plumage.

Ma stupéfaction n'atteignit son comble,

Que lorsque son bec ne laissa échapper qu'un agréable rire franc, en guise de ramage.

Ce rire, de mon rêve éveillé, m'extirpa,

Envolé! L'oiseau

Cet oiseau? C'était cette amie

Qui, devant moi de sa présence, m'offrait ce cadeau.

LE FANTASTIQUE VOYAGE D'HERMEL LE PETIT CANARD JAUNE

C'est l'heure du bain. Le petit canard jaune va enfin retrouver cette eau qu'il adore. Cet environnement aquatique est beaucoup plus agréable que tout autre endroit sec. Surtout, rien de comparable à ce coffre à jouets qui héberge la majeure partie de sa vie de caneton. Seulement ces moments de purs délices aquatiques l'empêchent de virer fou. Il n'en peut plus de cette existence. Il rêve d'aventures, de certaines de ces aventures que la mère du petit Jonas lui raconte pour l'aider à trouver le sommeil et lui procurer de beaux rêves. Des aventures de pirates, d'explorateurs sans peur, partis à la recherche du pays du soleil levant, de l'orient. Des aventures qui devraient être les siennes, qu'il veut faire siennes.

La vie suit son cours et le désespoir gagne lentement, mais sûrement, notre petit canard. Puis un jour, un grand départ de la famille pour les vacances estivales. Direction le tour de la Gaspésie avec ses charmants petits villages, mais surtout ses plages qui sont autant de portes vers la réalisation de ces rêves de découvertes.

La première journée est consacrée à la route. La première partie du voyage est plutôt lamentable, notre héros se retrouvant dans le noir coffre de l'auto. Seuls les pleurs de Jonas réussissent à le délivrer de cette autre prison. Enfin la lumière et l'air libre. Comme Jonas aime bien jouer avec lui, il peut apercevoir les paysages qui sont magnifiquement plus beaux que les murs de sa maison. L'auto s'arrête pour une première nuit gaspésienne.

Suite à une excellente nuit de sommeil accompagné de ses rêves les plus fous, notre caneton a le cœur rempli d'espoir. Est-ce que sa vie misérable est sur le point de prendre son envol?

Première séance à la plage. Qu'il est agréable de flotter dans cette immensité! Il se rend compte assez rapidement qu'un combat entre lui, ce si petit canard, et l'océan, même calme comme un miroir, est un combat perdu d'avance. Ses rêves sont sur le point de l'abandonner. Trop occupé par le choc de cette découverte, il ne s'est même pas rendu compte que c'était lui qui venait d'être abandonné. On l'avait simplement oublié dans le brouhaha de la fin de l'après-midi.

Il était maintenant seul au monde à flotter sur l'océan, du moins il le pensait. Il était cependant toujours sur le majestueux fleuve St-Laurent. Pour faire contre mauvaise fortune bon cœur, il se met en tête de se battre jusqu'au bout de ses forces pour réaliser ses rêves. Le combat est ardu et à chaque tentative de prendre le large, une nouvelle vague le rejette avec violence sur la plage. Après quelques jours de ce titanesque combat, force est de constater que la tâche est impossible. Voici venu le temps d'enterrer ses rêves et de finir sa vie dans cet éternel va-et-vient entre eau et sable.

Quelques mois de cette nouvelle vie sans intérêt ont eu raison de ce jaune éclatant. Il était désormais gris. Seule une ombre de jaune persistait sous l'épaisse couche de crasse.

Son rêve n'était maintenant que d'en finir au plus tôt. Il suppliait qu'on mette fin à cette situation.

Un certain soir, son appel a finalement été entendu. Était-ce cependant la bonne personne pour le délivrer? Cette samaritaine n'était qu'une jeune sirène. Habituée à piéger les matelots avec leurs chants, il était assez rare, et même cocasse, de voir une sirène voler au secours d'une telle plainte. Elle expliqua donc au petit canard jaune qu'elle possédait certains pouvoirs qui pourraient peut-être l'aider. Elle devait, par contre, connaître la raison de cette demande de finalité avant d'examiner les meilleures solutions possibles. Lorsque qu'il eut terminé son récit, la sirène, touchée par ce désespoir, ne peut s'empêcher de verser une petite larme qu'elle essuya rapidement, remplacée par un large sourire. Je ne peux malheureusement pas accéder à ta demande d'en finir. Le petit canard jaune, surpris, lui demanda si ses pouvoirs étaient réels ou imaginaires. Sois sans crainte, lui répondit-elle, ils sont bien réels. Je veux juste appliquer une meilleure solution. Celle que tu réclames mettra bien fin à tes souffrances, mais aussi à tes rêves. Pourquoi les abandonner aussi rapidement? Je t'offre une transformation extrême. De petit canard de 7,3 cm de long et de 2,1 cm de large, je te transformerai en embarcation à rame de 7,31 m de long sur 2,10 m de large. Cette nouvelle apparence devrait te permettre de poursuivre ton aventure. La joie éclairait maintenant le visage du petit canard jaune. L'espoir à nouveau l'habitait.

Frappé par un éclair sorti de nulle part, le voilà projeté dans les airs par une force fulgurante. Lorsqu'il retomba sur la plage, il constata avec étonnement que la transformation s'était opérée. Il se trouvait majestueux. Le petit canard se sentait maintenant invincible. Il en avait presque oublié la petite sirène qui contemplait, presque incrédule, sa dernière œuvre qui, en fait, était une première pour elle. Le petit canard jaune lui demanda comment il pouvait la remercier. Va au bout de tes rêves et je serai ainsi amplement remercié. Le moment de la séparation était venu. C'était au tour du petit canard de laisser couler une larme sur sa nouvelle coque. La sirène lui révéla qu'une tradition existait dans le monde des créatures imaginaires. Comme il avait été l'élu de son premier souhait, elle avait désormais la responsabilité de veiller sur lui. Elle ne serait jamais vraiment loin de lui et accourrait lorsqu'il aurait besoin de son aide. Elle tourna la tête et sans en ajouter, plongea dans l'eau sombre.

Toutes ces émotions fortes avaient tellement fatigué le petit canard qu'il s'endormit presque sur-le-champ.

La douce chaleur du soleil le sortit tout tranquillement de ses rêves. La marée montante le soulevait doucement. Il sentait la liberté que procure la navigation. Sa confiance retrouvée, il avait maintenant une énergie débordante. Il frétillait juste à l'idée de partir vers son fabuleux destin. Il se mit en branle. Le rivage s'éloignait. Victoire! Que le voyage commence. Le rivage s'éloigne. Après quelques heures à se faire bercer par les vagues, une petite sieste vint lui rendre visite. Ils se posèrent, ce qui lui semblait n'être que quelques minutes. À son réveil, le soleil était couché et la nuit avait pris place. Il ne lui restait qu'à poursuivre son sommeil et au réveil constater que toute trace de terre ferme avait disparu.

Le petit canard jaune rêve maintenant qu'il passe sous une chute dans une lointaine destination. Qu'il est donc de plus en plus réaliste ce rêve. Vraiment trop réaliste, ce n'est pas une chute, mais une forte pluie qui s'abat sur lui. Mais cette pluie, il l'oublie subitement en constatant qu'il est de retour sur une plage. Elle est différente de celle quittée la veille, mais trop peu de temps s'est écoulé pour que ce soit une plage exotique. Force est de constater que même avec ses nouvelles dimensions, la mer le rejette toujours sur la berge. Le bonheur est de courte durée. Quand tu es né pour être un petit canard, tu es né pour être un petit canard...

Son moral a fait un triste saut périlleux arrière.

Tout ça pour rien. Retour à la case départ. Comme il allait à nouveau sombrer dans le désespoir, il se rappela la promesse de la sirène. Il l'appela à l'aide. Elle apparut aussitôt. Elle parut surprise de constater la tristesse du petit canard jaune. N'avait-elle pas réalisé son souhait? Il lui raconta l'objet de son malheur en espérant qu'un second souhait serait réalisé. Il fallait se rendre à l'évidence que le petit canard jaune aurait besoin de l'aide d'un genre de moteur pour le propulser vers son but. Un genre de moteur? Et pourquoi pas simplement un moteur?

Fidèle à sa promesse, la petite sirène lui proposa une solution. En fait, une drôle de solution. Pourquoi ne pas jumeler deux rêves pour n'en faire qu'un? Au cours d'une discussion avec quelques amies sirènes, elle a appris qu'une aventurière du nom de Mylène Paquette se cherchait justement une embarcation de ce genre pour traverser l'océan à la rame en solitaire, en direction de l'est, de l'orient comme lui. Elle lui proposa de le remorquer jusque dans la région de Rimouski pour la suite. Le petit canard jaune lui demanda pourquoi ne pas plutôt le remorquer jusqu'à sa destination finale? Elle lui expliqua que ça réduirait ainsi la valeur de la réalisation de ses aventures. Elle avait entièrement raison. Alors, il en sera ainsi.

Après quelques jours de navigation, le quai de Rimouski fut en vue. La sirène le laissa sur la plage, le temps de faire un contact avec une amie sirène du coin. Elle revint quelques minutes plus tard avec une lettre adressée à Mylène qu'elle colla sur une des rames du petit canard bateau. Son amie sirène avait prévenu Mylène de sa présence et de l'emplacement du rendez-vous en lui spécifiant qu'il avait une vague ressemblance avec un petit canard jaune. Elle aurait la confirmation de son identité à la lecture de cette lettre. La sirène retourna dans son royaume et laissa donc le petit canard à ses rêves retrouvés.

C'est sous la douce sensation de son nouvel optimisme que le petit canard se reposa dans un sommeil apaisant. Il s'écoula une période qui parut une éternité avant que Mylène ne trouve son nouveau compagnon de voyage.

Elle est apparue un matin ensoleillé. Un scénario idéal pour un premier rendez-vous. Ce fut un coup de foudre instantané.

Hourra! Prenons la mer, s'est exclamé notre héros. Mais que se passe-t-il maintenant? On me sort de la mer pour me mettre sur une remorque?

Après un certain temps de route, je me retrouve dans un grand hangar. La lumière s'éteint. Plongé dans le noir, je me demande si ma fin est arrivée. La fin de mes aventures du moins. Je réalise que n'étant plus dans l'eau, je n'ai plus accès à ma protectrice sirène pour me sortir de ce pétrin. Je dois trouver un moyen de retourner à l'eau. Mais comment?

Le soleil se lève tranquillement lorsque la lumière pénètre enfin dans le hangar. Un petit groupe de personnes s'avance et m'entoure. Je les entends clairement discuter de tout ce qu'ils veulent me faire. Mais quels sont tous ces traitements? Des tortures en tout genre ou quoi? Parmi eux, un monsieur me semble très gentil. Difficile d'imaginer qu'une personne dégageant tant de douceur puisse me vouloir du mal. Ils l'appellent : Hermel.

Je réalise soudain que les pouvoirs d'une sirène de transformer un petit canard jaune en chaloupe couverte sont restreints. Ses connaissances des équipements requis pour la navigation et la survie d'une telle embarcation sont plutôt nulles. Les discussions tournent autour des modifications et des ajouts qui sont requis pour satisfaire les autorités et surtout entourer ma compagne de voyage de tout ce dont elle aura besoin pour faire face au défi qui nous attend.

Malgré la bonne volonté de toutes les personnes impliquées, il s'est écoulé de nombreux mois pour en arriver au résultat escompté... et à ma seconde renaissance en peu de temps. Pour souligner cette naissance, quoi de plus approprié qu'un baptême au champagne? La cérémonie commence assez bien et je suis flatté d'être au centre de l'attention. Je dois avouer, sans fausse modestie, que je suis vraiment beau avec tous ces bijoux dont je suis maintenant paré. Ce baptême sera aussi le premier jour avec mon nouveau nom. Un nom que je vais beaucoup aimer parce que c'est celui du gentil monsieur, Hermel. L'exécuteur de cette cérémonie s'approche, lève la bouteille de champagne et l'abat fermement sur ma coque. Malgré le choc, elle ne cède pas. Autre tentative, toujours rien. On doit se rendre à l'évidence que la bouteille ne pourra se briser sur ma coque. Alors pitié, cessez cette torture et ouvrez cette foutue bouteille par un autre moyen. Ma télépathie a bien fonctionné et mon souhait exaucé. Le déroulement a donc été modifié, la bouteille ouverte de manière conventionnelle. Une partie a été vidée sur mon nez, sans doutes pour que je puisse y goûter.

    Cette nuit-là, je ne pus m'empêcher de songer à ce drôle de baptême. Pourquoi la bouteille a-t-elle refusé de céder? Était-ce que je n'étais pas assez fort ou plus mou qu'elle? Était-ce un présage? J'ose espérer que c'est simplement un présage qui souligne mon invulnérabilité. L'avenir nous en apportera la réponse. J'étais tellement obnubilé par cette histoire de baptême, je n'avais pas tout à fait réalisé que cela signifiait aussi que le départ pour le large était proche. Hourra!!!

J'en eus la confirmation lorsque ma limousine fut approchée. OK, j'exagère un peu; ce n'était que la remorque qui m'avait amené jusqu'ici, mais c'est comme cela que je la percevais dans mon euphorique ivresse. Qu'il était bon de sentir le vent me caresser la peau. J'en avais la chair de poule. Après un voyage sans anicroche, je sens à nouveau cette merveilleuse sensation de flotter sur la mer. Qu'elle m'avait manqué cette compagne!

C'est drôle presque tous les gens parlent une langue différente de la mienne. Une langue que je ne comprends pas. J'appelle ma sirène. Après ces longs mois, se souviendra-t-elle encore de ce petit canard devenu embarcation? Mon cœur l'espère. Je ne suis pas déçu, sa parole est respectée et elle m'apparaît. De son côté, elle se demandait également si elle aurait un jour l'opportunité de me revoir. Difficile de savoir qui était le plus heureux de cette rencontre. Elle me rassure en me révélant qu'elle peut me donner la capacité de comprendre cette langue. En un instant, voilà que je distingue clairement tout ce qui se dit. Elle me renseigne aussi sur la raison de cette nouvelle langue. Le point de départ n'est pas la Gaspésie, mais Halifax en Nouvelle-Écosse, où nous nous trouvons présentement. Je réalise ainsi qu'elle peut me suivre, pourvu que nous soyons dans l'eau. Cette nouvelle me rassure pour la suite du voyage.

Je suis prêt depuis si longtemps, pouvons-nous enfin partir? Mais que se passe-t-il encore? On m'amarre. Non! Je refuse de rester prisonnier de ce port. Qu'on me libère! J'implore donc à nouveau ma sirène protectrice. Je lui demande si elle peut me faire libérer pour que l'aventure commence. Hélas, en raison des forces supérieures de Neptune et d'Éole, elle ne pouvait rien. Je comprends et j'accepte la volonté des Dieux. Elle m'assura cependant que le départ n'était pas si lointain. J'ai entendu Mylène discuter avec Hermel. Selon eux, c'est la météo qui est en cause. Pauvres ignorants.

Le 6 juillet 2013, le rêve se transporte enfin dans la réalité. Après quelques entraînements dans les environs, le grand départ est enfin arrivé. Bel Atlantique, nous voici. Plusieurs personnes sont venues assister à l'événement. C'est tout un défi qui nous attend. Nous partons avec nos anges gardiens respectifs. Vous connaissez déjà ma sirène, celui de Mylène sera ÉQUASOL.

Les semaines passent sans trop de problèmes. L'océan nous amène quelques visiteurs ailés au début et aquatiques par la suite. Mylène semble avoir des hauts et des bas. Comme tout le monde quoi. Il ne faut pas en faire tout un plat. Mais justement, Mylène veut en faire tout un gros plat. Ça fait maintenant quelques semaines que l'aventure est commencée, mais la route parcourue est dramatiquement inférieure aux prévisions initiales. Plusieurs facteurs ne cessent d'empêcher la progression dans la direction escomptée. Mylène est sur le point d'abandonner son rêve, du moins pour cette année. Il est clair qu'elle ne peut garder le cap. La route serait trop longue ainsi. Soudain, je revis mon cauchemar des plages de la Gaspésie, lorsque les vagues me repoussaient constamment sur le sable. Ces obstacles auraient-ils raison de mes rêves? J'entends Mylène en conversation radio avec ÉQUASOL pour faire le point sur la situation. Malheur, elle demande de lui trouver la meilleure route pour retourner au Canada. Sous le coup de la panique, j'implore ma sirène de trouver une solution. Avec un petit sourire, elle me rappelle que j'ai été gentil avec Neptune et Éole au moment du départ et que peut-être que cette gentillesse pourrait être récompensée. Elle me revient quelques minutes plus tard et me confirme qu'elle est intervenue en ma faveur auprès des dieux de la mer et du vent. Ils vont se liguer pour assurer la poursuite de mon périple.

Pendant ce temps, la conversation entre Mylène et ÉQUASOL s'est terminée; mais ce dernier doit la rappeler sous peu pour lui indiquer la nouvelle route à suivre.

Je souhaite de tout cœur que les relations de ma sirène soient efficaces. Assez incroyable, mais mes nouveaux alliés tiennent parole. J'en ai la confirmation radio. ÉQUASOL rappelle pour faire comprendre à Mylène que les courants et les vents sont maintenant contraires et qu'il serait plus ardu de rebrousser chemin que de continuer. Ça ne peut pas être une simple coïncidence, n'est-ce pas?

Devant l'inévitable destin, Mylène se retrousse les manches et aborde maintenant ce voyage avec en tête une seule issue possible, la ligne d'arrivée initialement prévue. Cet épisode m'a permis d'avoir une bonne et une mauvaise nouvelle. La bonne étant la poursuite de l'aventure, mais la mauvaise étant qu'un problème de communication me fait réaliser que mon rêve de voir l'orient est hors de question parce que le but est Lorient en France. Mais c'est quand même mieux que de voguer sur les eaux du bain.

Des jours et des jours passent, je constate que Mylène s'amuse avec ses nouveaux amis aquatiques. J'en suis un peu jaloux. Je me rends compte que de mon point de vue, l'aventure n'est pas aussi amusante que je l'espérais.

    Moi et ma grande gueule. Qu'avais-je à demander plus d'action? Demandez et vous recevrez qu'ils disent. La mer s'est déchaînée pour la première fois. J'avais l'impression de me retrouver dans un ensemble de laveuse-sécheuse. Sans aucun doute, si j'avais possédé un cœur, j'en aurais eu des haut-le-cœur tellement je me suis fait secouer violemment. Nous avons chaviré pour la première fois. Ça ne fait pas partie des expériences intéressantes à vivre. Heureusement, le système qui me permet de me retourner a bien fonctionné.

    Je devrais faire appel à mon ange gardien de sirène pour savoir ce que j'ai fait pour mériter la colère des dieux. Un doute s'installe dans mon esprit. Mylène est au poste et elle rame. Lors de ma dernière rencontre avec la sirène, Mylène était dans la cabine et ne pouvait donc pas voir mon amie. Si je l'appelle, est-ce qu'elle se montrera? Devra-t-elle attendre que la route soit libre. Je prends le risque. Finalement, pas de risque parce que, seulement moi peux la voir. Je l'interroge sur la faute que je peux avoir commise pour mériter un pareil traitement. Elle pouffe de rire. Mon pauvre Hermel, que tu es prétentieux! Il n'y a pas que toi qui puisses avoir un impact sur l'humeur des dieux. Dans le présent cas, tu n'as rien à y voir. C'est seulement que vous êtes entrés dans une zone qui est habituellement sous l'influence d'une basse pression, apportant ces conditions. Il y a des années pires que d'autres et c'en est justement un bel exemple. Vous devez vous faire à l'idée. Je vais tenter de vous aider de mon mieux. Dans ce cas, c'est une tempête du nom d'Humberto qui vous a frappé.

Pour la première fois depuis le début de ce grand voyage, j'ai réalisé à quel point j'avais un rôle primordial face à Mylène. Elle n'est pas seulement une accompagnatrice, je suis dépendant d'elle. Si elle ne va pas jusqu'à la destination, moi non plus. Cette première tempête importante qui m'a fait chavirer de nouveau, m'a aussi fait prendre conscience de mon importance. Je serai donc son cocon, son bouclier, son armure et aussi comme la tortue, je serai sa maison et son refuge.

Il est maintenant évident que le voyage sera plus long que prévu. En plus du retard initial qui a presque mis fin au voyage, la météo refusant trop souvent de collaborer, les retards s'accumulent. La durée prévue était de 90 à 100 jours. Le cap des 80 jours est passé et nous ne sommes pas encore à mi-chemin. Nous sommes tout près, mais pas encore là. Les provisions qui devaient nous permettre d'atteindre la ligne d'arrivée s'épuisent et le doute s'installe à nouveau pour la réussite de l'aventure.

Voici un travail sur mesure pour mon amie des mers. Je lui explique la situation et lui demande un petit coup de main. Elle me quitte avec un sourire qui me laisse perplexe. On dirait qu'elle mijote un drôle de plan dans sa tête. J'hésite entre hâte ou peur. Mais je dois admettre qu'elle a fait amplement ses preuves et je décide donc d'être positif et de lui faire confiance.

Quelques heures plus tard, j'ai la réponse. L'aide est loin d'être le petit coup de pouce escompté. À aventure grandiose, aide grandiose. Elle a fait se rencontrer le minuscule Hermel et le gigantesque Queen Mary II. Comment a-t-elle fait? Je n'ose même pas l'imaginer et surtout pas le demander. Passer en quelques heures d'une traversée en solitaire à rencontrer un géant des mers avec des milliers de passagers est tout un changement et surtout, un évènement totalement inattendu.

Lorsque Mylène annonce cette nouvelle à ÉQUASOL, elle soupçonne qu'ÉQUASOL commence à avoir des doutes sur sa santé mentale. Serait-elle victime d'hallucinations? A-t-elle surestimé sa capacité mentale? Force est de constater que sa santé mentale est normale et que cette rencontre a bel et bien lieu. Cet improbable rendez-vous sera déterminant pour la suite du voyage. Il permettra de remplir la réserve de provision et de remplacer un outil de communication défectueux. Mon amie Mylène est aux anges et jubile. Du vin, du fromage et du pain, ce sera la fête.

Moi, je dois avoir une chaleureuse pensée pour ma petite sirène qui me protège, mais qui a aussi adopté ma gentille compagne de voyage.

ÉQUASOL célèbre aussi cette rencontre qui lui enlève un poids énorme. La communication est un élément tellement essentiel dans ce genre d'aventure.

Est-ce que les plus perspicaces ont maintenant deviné qui se cache sous ÉQUASOL? Peut-être? Pour les autres, ce n'est pas un personnage unique, mais toute une équipe qui nous suit à la trace qui s'y cache. Ce n'est qu'un diminutif pour **ÉQU**ipe **A**u **SOL**. Sans eux, cette expédition aurait sans doute été impossible à réaliser.

Après toutes ces émotions, la vie retourne à la normalité du voyage.

Nous voguons sans aucun doute vers de meilleurs jours.

Difficile d'être si éloigné de la réalité. Les semaines qui suivirent ne furent pas sous le signe d'une meilleure météo. Mylène en a bavé. Je la regardais impuissant, affronter des vagues de dix mètres. J'ai bien compris et surtout subi l'expression : mer déchaînée. En tout, dix fois je me suis retrouvé renversé. Mylène à l'abri dans mon ventre, lors des tempêtes, presque toujours attachée pour ne pas se blesser. On aurait dit que la nature ne voulait pas nous voir réussir. C'était sans compter sur la force physique et mentale de Mylène. Elle a réussi malgré tout. Pourquoi je ne dis pas « nous » avons réussi? Parce que je sais maintenant que j'étais son outil, son témoin, que la traversée s'est faite à la rame et à ce chapitre, c'est seulement Mylène qui doit en récolter le crédit.

Je n'en dirai pas plus sur notre aventure. Peut-être même en ai-je déjà trop dit. Je laisse la parole à Mylène. La séparation sera douloureuse parce que j'ai appris à aimer cette petite. Mes souvenirs d'elle seront un baume sur ce cœur que je ne possède pas, mais qui souffre malgré tout.

Épilogue

Après cette longue traversée, le pauvre Hermel était épuisé et meurtri. Il devait soigner les blessures que ce monstre nommé Atlantique lui avait infligées. Il se rendit compte que rêver d'aventure est tellement plus facile que de vivre cette aventure. Il n'aspire maintenant qu'à mener une vie paisible au milieu de ses beaux souvenirs. Ses rêves sont maintenant plus modestes, finir ses jours dans un musée, admiré par de nombreux visiteurs venus s'imprégner des aventures de Mylène, héroïne de cette épopée titanesque qu'est la traversée de l'Atlantique à la rame en solitaire. Il laisse donc à Mylène le rôle de parcourir la planète pour raconter leur aventure. Il l'accompagnera uniquement en photo.

Elle saura motiver les gens à poursuivre leurs rêves, à ne pas se laisser abattre par ceux qui ne peuvent comprendre ou qui manquent de courage pour passer à l'action.

P.-S. Cette petite histoire fantastique se veut être un hommage et m'a été inspirée par la réelle traversée de l'Atlantique à la rame en solitaire, en 2013, de **Mylène Paquette**. Loin de moi l'idée de raconter son aventure. Elle est la meilleure personne pour le faire. Même si j'ai suivi une partie de sa route sur son site Internet et sur Facebook, elle seule peut témoigner de ses 129 jours d'aventure. Elle seule peut exprimer ce qui s'est passé dans cette petite embarcation et surtout dans sa tête.

Pour connaître toute son aventure, je vous recommande de lire son passionnant livre : « Dépasser l'horizon » paru aux Éditions La Presse en 2014.

Félicitations Mylène.

24 janvier 2014

P.-S. Le gentil monsieur Hermel Lavoie de ce récit, que Mylène appelait affectueusement « l'homme aux yeux pleins d'étoiles », s'est malheureusement éteint le 14 mars 2016, quelques semaines avant la publication de ce livre. Mentor et ami de Mylène, c'est une lourde perte pour elle. Le mercredi 16 mars, j'ai assisté à sa conférence à Shawinigan et j'ai constaté son chagrin lorsqu'elle a parlé de son ami. Il était, pour elle, comme la sirène de mon récit était pour le petit canard.

Avec l'aimable permission des éditions La Presse, je reproduis ici l'information que l'on trouve sur leur site Internet relative à ce livre:

DÉPASSER L'HORIZON

Mylène Paquette est la première personne des Amériques à avoir traversé l'Atlantique Nord à la rame, en solitaire. Une aventure humaine qui va bien au-delà de l'exploit sportif.

Sur un ton personnel, elle nous raconte l'histoire de son odyssée comme on ne l'a jamais entendue, depuis l'instant où elle en a eu l'idée jusqu'à son départ en mer, son arrivée triomphale en France et son retour à Montréal.

Elle nous confie ce qui l'a poussée à vivre cet incroyable périple, pourquoi un inconnu lui a prêté des milliers de dollars, comment elle a connu Hermel, « l'homme aux yeux pleins d'étoiles », les moments charnières et les rencontres décisives: un parcours palpitant qu'elle seule pouvait nous dévoiler.

Dépasser l'horizon est le récit inédit d'une exaltante quête d'absolu.

Date de parution : novembre 2014
17 cm x 24 cm
336 pages
ISBN (papier) : 978-2-89705-286-7
ISBN (PDF) : 978-2-89705-288-1
ISBN (EPUB) : 978-2-89705-287-4

TRILOGIE POUR LES COMBATTANTS DU CANCER

Le combat d'une amie contre ce redoutable ennemi m'a inspiré un texte qui s'est finalement transformé en trilogie ayant pour thème ces valeureux combattants. Les titres en sont :

* *Je ne peux te comprendre*

* *Dommages collatéraux par des tirs amis*

* *Le temps des récompenses.*

JE NE PEUX TE COMPRENDRE

Lorsque la vie réserve de mauvaises surprises à nos amis et connaissances, un réflexe naturel est de répondre : « je comprends, je te comprends ». Même avec la meilleure volonté du monde, je serais menteur et malhonnête de l'affirmer.

Je peux comprendre ma propre douleur, je peux faire l'inventaire de mes malheurs. Je pourrais même en trouver un qui m'a procuré une forte douleur. Tant qu'aucune de ces expériences ne fait référence à ce parasite qui s'infiltre sournoisement dans mon propre organisme, dans ce véhicule qui permet de traverser la vie, de la vivre pleinement, je ne peux dire que je comprends.

Même lorsque ma mère a rejoint les victimes de cette maladie, je ne pouvais comprendre ce qu'elle avait vécu. J'étais peut-être trop occupé par ma peine et ma misère. Les années ont remplacé la douleur par cette paix que je ressens maintenant de l'avoir comme ange gardien. Elle a perdu son combat d'une autre époque, mais de plus en plus de personnes comme toi, réussissent à sortir gagnantes de cette lutte.

Non, ces expériences ne m'ont pas permis de comprendre ce que tu vis.

Premièrement, jamais ma vie n'a été en péril, contrairement à plusieurs qui entendent un médecin annoncer cette épouvantable nouvelle. Quel est l'effet de cette nouvelle? Je ne peux comprendre, parce que je ne l'ai pas vécu. On me l'a raconté seulement. J'ai vu la douleur et la peur dans les yeux.

Deuxièmement, mes combats n'ont jamais eu l'envergure des tiens, selon ce que j'entends et je vois au sujet de personnes comme toi, faisant face à ce que tu dois traverser. L'expression « marcher un mille dans ses souliers » doit certainement s'appliquer à toi. Mais encore, avec la meilleure volonté du monde, il m'est impossible de le faire. Je n'ai pas cette maladie.

Je ne peux te comprendre, mais je peux être témoin de ce que tu vis. Je peux serrer ta main lorsque la douleur fait disparaître la joie de ton visage au point de ne plus te reconnaître. Je peux m'éclipser lorsque tel est ton désir, parce que comme l'animal qui se réfugie dans sa tanière, tu veux être seule. Je peux rester silencieux parce qu'aucun mot ne peut exprimer ce que ce silence nous crie. Je peux essayer de te faire rire de mon mieux pour que ton esprit se détache, ne serait-ce qu'un bref instant, de ce corps qui souffre.

Mon expérience me dicte que, même avec la meilleure volonté, je ne peux te comprendre, mais je peux seulement apprendre. Apprendre, à te regarder, à t'écouter et à te supporter. Apprendre à remplir mon coffre à outils de petites choses, que toi et autres combattants m'aurez apportées par vos dures expériences, pour peut-être faire face à cet ennemi qui, un jour, pourrait vouloir traverser ma route. Oui, je vais probablement passer par ces étapes habituelles que tous passent. Mais grâce à toi, à vous, j'ose espérer que ces outils, que vous m'aurez gentiment remis, me seront utiles. Je vous dis : merci. Alors seulement, je comprendrai.

Ce texte m'a été inspiré par des membres de ma famille et de quelques amis et amies qui ont lutté et luttent encore contre le cancer. L'étincelle de l'écriture a cependant été un petit commentaire de mon amie, Nancy Auger, sur son compte Facebook. Voilà au moins une bonne raison de l'existence de Facebook.

10 septembre 2013

DOMMAGES COLLATÉRAUX PAR DES TIRS AMIS

Je suis plutôt las aujourd'hui. Mais est-ce le terme approprié? Je réalise que c'est loin d'être de la lassitude, je suis simplement hors de combat. Mes récents traitements ont eu raison des dernières parcelles d'énergie que mon corps pouvait contenir. Il me reste à peine la force de penser. Que de chemin parcouru depuis le début de cette guerre, un véritable chemin de croix, différent cependant de l'original. Étant moins fort, je suis tombé plus que trois fois. Heureusement pour moi et contrairement à Lui, mes proches ne m'ont pas renié. Ils étaient à mes côtés pour les bons et surtout pour les pires jours.

Je vais donc utiliser cet esprit épargné pour initier le bilan des dernières semaines. Ça remonte déjà à un certain temps que j'ai eu cette idée, de vivre la conséquence de mes traitements dans le contexte de certaines scènes de films, qui m'ont marqué.

Dans mon processus de traitement de cette maladie, j'ai aussi découvert que j'avais probablement tiré le billet gagnant du plus grand nombre d'effets secondaires possibles des traitements.

Cette histoire commence donc par cette jolie petite musique de marche : Hello le soleil brille brille brille, hello... Pour certains, c'est le titre de la chanson. J'ai découvert le vrai titre sur un vieux 33 tours de Chet Atkins : « Colonel Bogey March » du film...

<u>Le pont sur la rivière Kwai (1957)</u>

Le colonel Saïto, commandant du camp de prisonniers me fait venir pour ce que je crois être la 1000e fois. Un peu exagéré vous direz, mais c'est l'impression que j'en ai et comme c'est moi qui raconte cette histoire, je me donne tous les droits. Ce camp japonais a repris les instruments de torture de leurs voisins chinois. La fameuse goutte d'eau. Si inoffensive lorsque solitaire et si dévastatrice sous l'effet de l'accumulation. Je la vois descendre dans ce petit tube, utiliser cette voie de communication pour s'immiscer sournoisement en moi. Je sais que son effet va venir m'attaquer. Pourquoi en serait-il autrement cette fois ? Même si j'ai souvent supplié pour que ces effets ne soient que pour les premières doses, la réalité est différente. C'est une bombe à retardement. Son effet va se faire sentir progressivement, mais aussi sûrement que ce cancer me ronge. Les heures qui viendront, apporteront ces nausées que j'ai maintenant peine à supporter.

Une journée en panne d'imagination

Mon traitement est terminé et je n'ai toujours pas trouvé le film qui me servira de trame aujourd'hui. J'ai beau fouiller au plus profond de ma petite tête, elle refuse obstinément de coopérer. Je devrai donc affronter la réalité faute d'imagination. Je décide d'ouvrir le poste de télévision. Je tombe sur les informations internationales. On nous apprend que le régime syrien aurait utilisé des armes chimiques sur son peuple. Il est question de gaz sarin ou de gaz moutarde, et peut-être d'autres éléments destructeurs. La voilà donc ma source d'inspiration. Je sortirai du grand écran pour visiter son petit frère. Je serai donc un membre de la délégation de l'Organisation mondiale de la santé ayant pour mission de traquer les armes de Bachar. Vous me direz que la traque pour moi est plutôt facile parce que les armes sont dans cette poche transparente qui repose sur la petite table près du fauteuil. Quelles sont mes compétences, vous me direz? Je suis moi-même une victime d'armes chimiques. Celles que les tortionnaires utilisent font partie d'une grande famille et ont pour noms : **doxorubicine, méthotrexate** ou encore **épirubicine**. Drôles de noms scientifiques pour des armes si redoutables.

Ceux utilisés pour vaincre mon mal ont aussi des noms assez rébarbatifs : **Fluorouracil, Épirubicine** et **Cyclophosphamide**. Difficile à placer dans une conversation, même s'ils font route avec moi depuis un certain temps. La solution est de leurs donner un petit nom doux, comme on le ferait pour un animal de compagnie, en fait ils font partie de notre compagnie. Ils ont donc baptisé FEC ce protocole de traitement, plus mignon et surtout vite dit. Il est aussi curieux et même cynique de constater que ce petit nom, source de tant de destruction, se retrouve au milieu du mot af**FEC**tion. Le dicton : « Qui aime bien châtie bien », est plus que jamais approprié. Oui, je peux donc témoigner au double titre de combattant et de survivant. Je peux raconter (et je le fais dans certaines de mes petites histoires) plus en détail, certains chocs et transformations que mon corps subit face à ces assauts. Plus subtiles, mais assurément présentes, sont les transformations psychologiques. Il y a les bonnes journées au cours desquelles je me sens invincible et qu'aucun doute, ne peut perturber ma force et ma volonté de vaincre. Les autres jours, lorsque mes forces semblent avoir pris congé de ce corps, les doutes m'assaillent et je me vois plutôt comme une autre victime de ce fléau. Je veux alors régler mes arrangements préfunéraires. Par chance, mes partisans m'aident à chasser ces vilaines pensées et à cesser de m'apitoyer sur mon sort. Qu'il est alors agréable de constater la chance que j'ai d'avoir ces compagnons et compagnes de combat. Comment peuvent s'en sortir ceux et celles qui doivent affronter ce monstre en solitaire? Comment trouver la force, comment trouver une raison de subir ce sort? Juste pour reprendre une vie morne et sans attraits? Peut-être justement trouvent-ils l'inspiration que cette épreuve donne enfin un sens à leur vie.

Jaws. L'original, le plus effrayant (1975)

Je suis dans l'attente de l'infirmière et je ne songe qu'à fuir ou me cacher. J'entends soudain dans ma tête les macabres notes annonçant la présence du grand requin blanc du film Jaws. Mon niveau de stress augmente démesurément. Ces notes se répètent sans cesse, elles ont un effet de crescendo insupportable. J'avais pourtant décidé que ces scènes de films devaient m'aider. Que se passe-t-il ce matin? Pourquoi suis-je incapable de trouver un apaisement dans mon cinéma intérieur? Je fais facilement le lien. Cette anxiété, je l'ai déjà rencontrée. NON, pas encore ces nausées anticipatoires! Comme si je n'avais pas assez des nausées réellement provoquées par la chimio, voilà que mon cerveau me joue ce vilain tour en ajoutant de nouvelles nausées, qui ne sont que pure invention de mon imagination.

Le roi et moi. L'original avec Yul Brynner (1956)

Pourquoi pas la dernière version avec Jodie Foster? Simple, à cause de l'apparence de l'acteur de la version originale. En me voyant dans le miroir ce matin, c'est l'image de cet acteur que la glace m'a renvoyée. Pour ceux qui ne l'ont pas connu, il était complètement chauve, mais lui, c'était par choix. Moi, c'est juste un autre « cadeau » de la chimio. Mais, j'ai un petit peu triché. Comme il faut tirer des leçons de ses expériences, je prends exemple sur mes nausées anticipatoires et décide de faire un pied de nez aux effets de la chimio. Je n'attendrai pas de me voir le crâne se dégarnir au fil des cheveux qui prennent le chemin de la poubelle, par vagues successives. Je prendrai les devants et me raserai. C'est une fierté pour moi de prendre un peu le contrôle de la maladie sur mon apparence. Aussitôt terminée cette tâche, je suis confronté à un dilemme : « Porter ou pas la perruque? » Je prendrai quelques heures pour me faire une idée. Moi qui d'habitude me fais honneur de tout prévoir, je réalise que je n'ai pas prévu acheter mes nouveaux cheveux avant de passer à l'acte. Je vais mettre cet oubli sous le compte de la médication. La liste des effets secondaires est tellement longue, je suis certain que les pertes de mémoire doivent s'y retrouver. Les raisons qui m'ont poussée à cette action, tout en étant parfaitement justifiables, m'apparaissent maintenant discutables. Des doutes prennent place lentement. Ai-je bien considéré les impacts pour les jours et les semaines à venir? Je réalise soudain que ma maladie sortira de l'ombre pour devenir visible à tous, à moins de la dissimuler. Je devrai me trouver un bon camouflage. À moins que je ne décide de ne plus sortir de la maison. Pas très réaliste avec les traitements restants. Au moins, à l'hôpital, je ne suis pas perçue comme une extraterrestre, mais comme une combattante. Dans cet environnement, je n'ai pas à fournir d'explications, et d'une certaine manière, je suis protégée. Mais que vais-je faire lorsque je devrai quitter mes cocons? Comme ma forme et ma condition sont variables, mes humeurs s'en ressentent. Je ne suis définitivement pas prête à partager cette nudité crânienne. Encore faudrait-il que je l'accepte moi-même. La route vers cette acceptation pourrait être longue en raison de cette nouvelle mutilation de ma féminité. Cette prise de conscience me rappelle ce foulard acheté, lors d'un voyage en Italie, quelques années auparavant. Je le trouvais joli, mais je ne l'ai jamais porté. Voici donc l'occasion rêvée d'utiliser ce souvenir d'un pays reconnu pour ses créateurs de mode. Il deviendra créateur d'illusion, le temps de lui trouver un remplaçant ou du moins un compagnon de déguisement. Après quelques jours à admettre cette terrible perte, je décide de passer à l'achat de mes cheveux temporaires. Mon cœur balance entre un look de camouflage total qui ressemble à mon image antérieure et un nouveau look complètement sauté. Et puis merde, pourquoi choisir? Pourquoi ne mériterais-je pas les deux options après ce que j'ai dû subir dans les derniers mois? Ma décision est prise, mais je veux faire le processus d'achat en solitaire. Je n'ai pas la force ni le désir de me faire accompagner.

Finalement, j'ai aimé ce magasinage. Comme pour l'achat de cadeaux de Noël. J'ai été une bonne fille plutôt sage, alors je le méritais. J'ai mes outils de caméléon. De beaux cheveux bruns qu'on dirait sortis de mon ancienne tête, pour passer inaperçue, et une merveilleusement et délirante perruque bleu royal, probablement sortie d'un esprit dérangé, pour les jours où je voudrai crier au monde que j'existe encore, et que je vous le prouve par ce geste de provocation. Vais-je avoir seulement le courage de la porter? Ça me semble soudainement moins clair que dans la boutique.

Je reviens de ma première sortie officielle avec mes nouveaux cheveux et l'expérience est concluante. Aucune question ou allusion au sujet de mes cheveux. Ça donne un sacré coup de pouce à mon estime de soi. Je pourrai donc me cacher derrière ce déguisement sans crainte d'être démasquée.

Quelques semaines ont passé au fil de la routine des traitements. Comment peut-on seulement en arriver à traiter ces séances comme une routine?

Une sortie se présente pour un souper entre filles. Mes forces ne me permettent pas de faire la tournée des grands-ducs, et pas seulement à cause des traitements, le temps me rattrape, elle vieillit la petite dame. Mais je pense que je pourrais supporter le souper, donc le temps est venu de voir la vie en bleu. Un brin de folie me permettrait de montrer que j'ai dépassé le stade de survie, je suis en vie et je vais le demeurer. Je ne me cache pas, regardez-moi je suis là. Soirée parfaite, même si je dois payer le prix de témérité, ça valait le coup. Simulation parfaitement réussie.

Quelques semaines ont passé et un 5 à 7 est organisé pour le départ à la retraite d'un confrère. Ma condition physique actuelle me permettrait d'y faire un petit tour, mais je me questionne sur ma condition psychologique. Est-ce que je suis réellement prête à affronter les consœurs et confrères de travail dans cette condition? Perruque brune ou bleue? Et pourquoi pas au naturel? Mes cheveux embryonnaires, ou plutôt mon duvet font partie de ma réalité actuelle. Je pourrais me servir de cette occasion et faire mon « *Coming out* ». La journée étant froide, je pourrais arriver cachée sous ma tuque et décider selon l'atmosphère du moment. Ainsi en sera-t-il. Une grande respiration et je me retrouve devant une cinquantaine de personnes, des confrères, mais aussi des amis. J'hésite, mais me lance. Me voilà pour la première fois, le crâne assez dégarni. J'ai l'impression d'être tout sauf une véritable femme. Cette impression est prestement chassée par ces marques d'affection et d'amour que je reçois. Je suis submergée par ce raz-de-marée de sentiments et je découvre que l'absence de mes cheveux est pour eux comme une médaille de courage épinglée sur mon torse. Je fais donc, enfin, la paix avec mon crâne.

L'exorciste (1973)

Ce matin, le brouillard tarde à se dissiper, je me retrouve soudain dans une scène de l'Exorciste original, lorsque le vieux Père Merrin entre en scène pour prêter main-forte au jeune Père Karras. Celle de cette silhouette noire dans le brouillard qui s'arrête sous le lampadaire. Comme s'il prenait une longue inspiration pour affronter son vieil ennemi. Il a une tâche importante à exécuter. Chasser le démon qui a pris possession de ce corps innocent. Il sait que le combat sera rude, peut-être le plus difficile de sa carrière d'exorciste. Il a bien pris soin de mettre tous ses outils dans cette trousse. Un homme en blanc vient me chercher pour ma rencontre avec mon exorciste à moi. Contrairement aux films qui suivent un scénario digne d'Hollywood, mon exorciste doit batailler plus d'une rencontre avec mon démon. Celui-ci se trouve tellement bien dans mon corps, il m'avait sûrement choisi pour une bonne raison. Je devais être une maison idéale. Il lutte bec et ongles contre son expropriation.

La grande évasion (1963)

Un autre jour, de retour à la maison, la magie du cinéma fait encore son œuvre. Je suis dans « la grande évasion », je suis le personnage principal, je suis Steve McQueen, je suis le Capitaine Virgil Hilts, connu comme « le roi du frigo ». Ce trou qu'il retrouve à chaque capture, consécutive à ses nombreuses tentatives d'évasion. Mon trou, c'est cette chambre qui m'accueille après chaque traitement. Ces visites à l'hôpital sont autant de tentatives d'échapper à mon envahisseur, à ma prison. Immanquablement, traitement après traitement, je retourne au trou. Espérant toujours, comme Steve, que la prochaine fois sera la bonne. Il lui en a fallu du courage pour recommencer sans cesse malgré les embûches. Mon espoir est que mon film se termine comme le sien. En fin de compte, il a réussi son évasion. Et moi?

Rocky (1976)

Ce matin, mes forces me semblent les meilleures des derniers temps. Je me sens prêt à combattre. Je suis soudain Rocky qui s'entraîne à fond pour arriver prêt à affronter son adversaire le plus redoutable. Je parcours, par la magie de l'esprit, ces lieux mythiques de Philadelphie visités par Rocky Balboa lors de ses entraînements. Je me sens même comme Obélix qui est tombé dans la potion. Il me semble que personne ne peut me mettre au tapis aujourd'hui. Je pourrais vaincre n'importe qui, n'importe quoi, et je le ferai.

Vol au-dessus d'un nid de coucou (1975)

Je constate dans ton œil moqueur, cher lecteur, que tu te dis que j'ai oublié le film, ou l'évènement qui devrait correspondre à mon statut. Ce film qui a fait bondir la carrière d'un acteur, qui est maintenant connu même par son simple prénom de Jack. Selon toi, j'aurais dû parler de « Vol au-dessus d'un nid de coucou ». Tu penses que mes scènes d'hôpital devraient peut-être se retrouver dans un hôpital psychiatrique. Au plaisir de te décevoir, c'est justement l'inverse. Ces petites histoires inventées, ces petits scénarios, c'étaient juste de petits soleils lors de mes moments sombres et, Dieu sait qu'il y en a eu. Sans ces petits amis imaginaires, la souffrance aurait facilement pu me projeter dans la folie. Elles ont été mon ancrage au monde des sains d'esprit, faute des sains de corps, au moins des sains d'esprits. Penser que ce n'est qu'un moyen d'exprimer mon déni est loin de la vérité. Même si la ronde des traitements s'est faite en laissant un goût plutôt amer, j'ai réalisé qu'elle ne servait que de transition. Elle permet de faire le pont entre la colère, le questionnement et finalement l'acceptation du combat inégal qu'ils représentent. Je n'ai pas imaginé ces scénarios pour fuir la réalité, ils n'ont servi qu'à la maquiller. Mon adversaire monstrueux prenait une allure plus acceptable ainsi.

Conclusion

Traverser des épreuves est une tâche qu'il faut accomplir, le plus souvent sans véritable mode d'emploi. C'est la loi d'essais et d'erreurs qui s'applique. Nous devons aussi compter sur la collaboration des amis, qui nous ont précédé dans les épreuves, en tirant des leçons de leurs expériences. Nous constatons que des hommes et des femmes d'exception travaillent dans le monde médical, mettant à notre service toute leur expertise, mais aussi leur gentillesse, leurs sourires et leur compassion.

Nos mères disaient qu'il faut souffrir pour être belle. Cependant, pour moi, c'est qu'il faut souffrir pour que la vie soit belle, il faut souffrir pour que la vie soit.

Pourquoi ce drôle de titre pour ce texte? Simplement parce que ces traitements qui, même devant me sauver la vie, auront laissé quelques dommages. Certains éphémères, alors que d'autres auront un effet plus durable pour ne pas dire permanent. Certains diront que c'est un lourd prix payé, mais ma vie aurait pris fin bien avant son temps sans ces sacrifices. D'autres vont maugréer contre la recherche scientifique qui ne permet pas de mieux cerner l'ennemi. D'autres encore plus positifs, mettront plutôt l'accent sur les progrès des dernières années, qui ont fait baisser les ventes de pierres tombales. Peu importe dans quel clan on se retrouve, force est de constater que la situation s'améliore. Le meilleur reste donc à venir.

L'argent étant le nerf de la guerre, la recherche a besoin de vous. Même minime, un don peut faire la différence. Il ne faut pas oublier que personne n'est vraiment à l'abri de cette maladie. Votre don sera peut-être celui qui fera la différence, qui sauvera peut-être votre propre vie. C'est peut-être utopique, mais je rêve du jour où un médecin nous injectera un vaccin contre le cancer.

Le ciel peut attendre (1978)

Contrairement aux autres films, le ciel peut attendre n'est pas relié aux conséquences d'un seul traitement de chimiothérapie.

Si j'étais aux Oscars, on dirait que cette statuette est pour l'ensemble de l'œuvre. Ce film ne représente que la récompense qui m'est offerte pour mon combat. Je reprends possession de ma vie. Il me reste à déterminer ce que je veux en faire. Quelles sont les leçons que j'ai pu tirer de ces derniers mois de lutte? Quel sera mon plan de vie?

Avertissement :

Dans la plupart des œuvres, on retrouve un genre d'avertissement. Donc, voici le mien. Cette histoire en est une de fiction avec quelques éléments réels saupoudrés ici et là. Toute ressemblance avec des personnes vivantes ou disparues ne serait due qu'à l'effet de cette terrible maladie sur vous, votre famille, vos connaissances ou vos ami(e)s. Comme cette histoire est inspirée de plusieurs personnes, certaines parties en sont féminines alors que d'autres en sont masculines.

Le 5 novembre 2013

LE TEMPS DES RÉCOMPENSES

Dans mon enfance, le temps des récompenses était relié à la fin des classes et à la réception de notre dernier bulletin. Les plus méritants de certains domaines recevaient des certificats et parfois même, de vrais cadeaux.

Même si en cette année 2013, par pure coïncidence, le temps des récompenses se retrouve à la rentrée scolaire, sa raison d'être n'est aucunement reliée au monde scolaire. Il est plutôt du domaine médical et surtout dans un monde d'abnégation.

Tout a commencé par ce petit message d'une amie:
En ce beau matin du 10 septembre, ma joie doit éclater au grand jour. Je décide de mettre ce petit message sur Internet : « Enfin... je devrais pouvoir dormir un peu plus tranquille les prochains mois... manque qu'un résultat à recevoir, mais ceux des seins sont OK... Merci mon Dieu! »

Dans les réactions à ce cri du cœur, il y avait cette petite réponse :

« *Dans notre vie, on ne fait pas nécessairement nos combats pour les ré-*

compenses, mais lorsqu'une nouvelle comme celle-ci nous arrive, j'imagine qu'elle a plus de valeur qu'un Oscar, une médaille olympique ou même un prix de Loto-Québec. Le cadeau ultime, c'est la santé retrouvée, la vie que l'on voit avec de nouveaux yeux.

On constate aussi avec amour la valeur des soldats qui ont combattu à nos côtés.

Tu es une belle source d'inspiration et je tenais à le souligner ».

Je n'avais pas vraiment envisagé cette nouvelle comme une récompense, mais à bien y réfléchir, pourquoi ne pas le prendre ainsi? Avec tous ces efforts et toute cette souffrance, c'est vraiment une récompense. C'est MA récompense. Ou plutôt, c'est une de mes récompenses que cette santé retrouvée.

La remarque sur la valeur des soldats qui ont combattu à mes côtés me porte aussi à réfléchir sur d'éventuelles récompenses qu'ils auraient bien méritées.

À mon conjoint

Que pourrait donc désirer mon conjoint après m'avoir secondé dans ce passage difficile de ma vie. Avec tout ce qu'il a sacrifié pour moi, la récompense se devrait d'être proportionnelle à ce qu'il m'a apporté. Qu'espère-t-il? Pourvu qu'il ne désire pas retrouver celle que j'étais avant. Cette récompense serait tout bonnement impossible à offrir. Cette fille a disparu avec les dernières traces de mon cancer. Elle est remplacée par cette nouvelle version améliorée. Les priorités, mes priorités ont changé. La valeur relative de ce qui m'entoure est maintenant d'un nouvel ordre. Comme je ne suis pas magicienne pour faire disparaître ces derniers mois sous l'influence de la maladie, je dois continuer ma vie avec son héritage. Peut-être que le cancer lui a volé du temps de qualité avec moi, mais je pense avoir payé le prix.

Je dois aussi chasser cette pensée qui me hante depuis quelques jours. J'ai tellement de mal à m'adapter à ce nouveau corps, que j'en arrive à douter lorsqu'il me dit que ces changements de mon apparence physique, sont bien mineurs à ces yeux. Doute aussi lorsqu'il me dit qu'il a tellement eu peur de me perdre, que c'est un prix ridicule à payer pour poursuivre sa vie avec moi. Je l'aime tellement que je songe même parfois, à trouver moyen de le quitter pour qu'il puisse rencontrer une vraie femme complète. Ces pensées sont ridicules et je le vois dans ses yeux amoureux. Je dois donc chasser ces démons dont l'effet est encore plus sournois que les effets de la chimiothérapie.

Je dois admettre qu'il a été à mes côtés pour traverser la tempête. Pourquoi douter? Sans cet amour si fort, il aurait sûrement pris la fuite depuis longtemps. C'est un fait qui est tellement plus important que ces sombres pensées. Son cadeau, ça sera donc simplement moi. Je lui refais don de mon amour, de ma tendresse, de mon attention et de temps de qualité avec son amoureuse. Le seul bémol étant mon désir nouveau d'aider de nouvelles victimes de la maladie. Il est donc important de construire notre avenir ensemble dans cette nouvelle réalité. La tâche qui nous attend est minuscule comparée à la tempête que nous venons de traverser.

À mes enfants

Les hommes de science, comme le commun des mortels ont constaté depuis longtemps que la perte d'un sens augmente l'acuité des autres. J'ai l'impression de vivre le même phénomène d'une manière différente. La transformation de mon corps, la mutilation devrais-je dire, qui a eu comme conséquence de me voler une partie importante de ma féminité, semble en même temps avoir augmenté mon instinct maternel. J'ai besoin de la présence de ma progéniture. Leur mère n'a pas été dépossédée, c'est juste la femme qui assume une perte. Leur cadeau sera donc cette nouvelle mère. Vont-ils aimer? Je dois trouver l'équilibre entre mes nouvelles attentes et leurs besoins réels. Je veux avant tout que l'amour soit vrai, et non motivé par la pitié pour mes souffrances.

À mes amis

Les anciens

Comme vous avez traversé l'épreuve avec moi, votre récompense sera seulement la même que la mienne à cet égard. Notre amitié, forte auparavant, est maintenant énergisée par ce nouveau départ. Même si nos rencontres ne sont pas aussi fréquentes que je le voudrais, vous êtes dans mes pensées. Je suis fière de compter sur vous et soyez certains que je serai là aussi.

Les nouveaux (valeureux combattants)

Pour que mon expérience ne soit pas veine, je veux faire partie de cette grande roue de solidarité. J'ai eu la chance de rencontrer des survivantes, qui m'ont beaucoup aidé à comprendre cet incompréhensible mauvais coup du sort. La notion de donner au suivant prend tout son sens ici. Je veux m'impliquer pour vous, mais comprenez que je dois trouver l'équilibre entre vous aider et redonner de ma présence aux miens.

Les nouveaux (non-combattants)

Votre récompense, c'est moi la vivante, la survivante. Bienvenue dans ma vie.

Pivot

Non, ce n'est pas le célèbre animateur français, Bernard Pivot qui mérite cette récompense. C'est mon infirmière pivot. Véritable nounou pour les combattants, cette infirmière pivot qui est toujours là pour nous rassurer lorsque tout le personnel, spécialistes entre autres, courent après leur queue... T'as une question? Elle est là! Tu es inquiète d'effets bizarres? Elle est là! Tu n'as pas encore eu d'appel pour un examen, un résultat? Elle s'en occupe! Wow! Quel service mis à ta disponibilité.

La récompense, elle sera toujours dans mon cœur, parce qu'elle a apaisé mes craintes et mes questionnements. Je tenterai de passer lui faire un petit coucou, de temps à autre, pour lui montrer que ses efforts ont porté fruit.

Je raconterai affectueusement et sans relâche, aux gens autour de moi le réconfort qu'elle m'a procuré, aux moments propices.

La Société canadienne du cancer

Cette Société canadienne du cancer pour l'ensemble de l'œuvre, et particulièrement pour un cours formidable qui s'appelle « Belle et bien dans sa peau » accompagnée d'une boîte de produits de beauté. Ils te montrent à te maquiller, alors que tu n'as plus de cheveux, cils et sourcils... super!

La récompense : Le retour de l'ascenseur, je m'implique dans la cause du cancer, je participe aux campagnes de souscription, je m'implique très activement au « Relais pour la vie ».

Je souhaite, donc, à la Société canadienne du cancer sa complète disparition parce qu'elle serait rendue aussi ridicule qu'une Société canadienne du rhume ou une Société canadienne des ongles cassants, en raison du contrôle de cette maladie, par la découverte d'un nouveau vaccin qui en aurait fait une maladie bénigne, avec un taux de mortalité de zéro.

Demande spéciale pour ceux qui n'ont pas eu ou n'auront pas la chance de récompenser

Le sort nous rattrape parfois et c'est maintenant le cas. L'annonce du décès du conjoint d'une amie proche me rappelle, que même si le nombre de vainqueurs augmente, il reste encore quantité de pertes de vies. De fiers combattants qui ont lutté jusqu'au bout, sans jamais baisser les bras, sans jamais perdre espoir de s'en sortir, mais qui ont été terrassés par un ennemi qui les a attaqués sur plusieurs fronts, sur trop de fronts. La médecine dispose maintenant d'armes redoutables, mais qui sont parfois, encore trop faibles pour vaincre. Ces personnes auraient aimé, plus que tout, pouvoir remercier leurs proches. Qu'ils aient été empêchés de le faire me chagrine. Ma requête spéciale est de vous demander d'être porte-parole de ces victimes. À la douce mémoire d'Édouardine, d'André, de Chantal, de Jacques, de Michel et de tous les autres. Si vous pensez qu'une partie de ce texte pourrait correspondre à ce que ces disparus auraient aimé dire à leurs proches, et qu'il pourrait ainsi leur apporter un peu de réconfort, alors partagez-le avec eux. Je vous en prie et vous en remercie.

Avertissement

Bien que les racines de cette histoire soient bien ancrées dans la réalité, son contenu n'est que le fruit de l'imagination débordante ou même délirante de son auteur. Pour ceux qui la connaissent, ne prêtez pas toutes ces pensées à la muse qui les a inspirés, sans prendre le temps de confirmer, auprès d'elle, vos perceptions. Ce message s'adresse autant aux autres personnes qui croiraient reconnaître l'héroïne de cette histoire ou d'une semblable.

Voilà Nancy, avec ce texte se termine cette trilogie qui est maintenant bouclée. Chacun de notre côté, étions loin de penser que ton si petit message sur Facebook et mon si petit commentaire aurait déchaîné cette inspiration et surtout cet élan de compassion et de commentaires si touchants. On ne connaît pas toujours la portée, l'impact d'un petit geste d'apparence si anodine. Non plus que la fierté qu'elle nous apporte.
10 novembre 2013

P.-S. Au moment même de partager ce texte avec vous, je recevais un courriel d'une amie m'indiquant le décès de son conjoint et complice de longue date. Il se battait depuis un certain temps contre cette maladie. C'est en son honneur que j'ai ajouté le paragraphe de ceux qui ne peuvent récompenser. Triste rappel que l'éradication du cancer est encore dans le monde de l'espérance plutôt que dans celui de la réalité. Le combat est loin d'être terminé et nous devons joindre nos efforts pour soutenir la recherche. Mes pensées accompagnent ceux qui, comme moi, ont perdu des êtres chers, victimes de ce fléau.

Fin

Remerciements

Merci muses :

Michèle
Mylène
Micheline
Martine
Nancy
Ghislaine

Merci spéciaux

Merci à Shirley pour ton aide, et surtout ta patience pour ce temps passé, à la lecture et l'aide à la correction finale, de ces douces divagations.

En terminant, un merci spécial à mon amie auteure, Hélène Gagnon. Tu m'as beaucoup appris sur le merveilleux monde de l'édition. Grâce à tes conseils, mon manuscrit est protégé en lieu sûr. Tu es une belle source d'inspiration pour moi. Bravo pour ta collection de livre jeunesse. Tu as donné le goût de la lecture à de nombreux jeunes.

Table

AVERTISSEMENT	7
MERCI, MUSE ORIGINELLE	9
CE SOIR, J'AI DONNÉ QUELQUES PIÈCES À UN MENDIANT	13
LA MORT D'UN CLOWN	17
MINUSCULES RAYONS DE SOLEIL	25
LA TOMATE	33
UNE LETTRE D'AMOUR	35
HISTOIRE DE RÊVE	43
LA MARIONNETTE	45
PETITE HISTOIRE DE TENDRESSE	55
CROYEZ-VOUS À LA RÉINCARNATION?	57
MES MAINS	65
LETTRE D'AMOUR NUMÉRO 2	71
LA PETITE FILLE QUI NE PLEURAIT (PRESQUE) JAMAIS	77
UN SOURIRE EN CAVALE	93
LES LARMES MYSTÉRIEUSES	99
ODE À L'AMOUR	101
UN DRÔLE D'OISEAU	107
LE FANTASTIQUE VOYAGE D'HERMEL LE PETIT CANARD JAUNE	109
TRILOGIE POUR LES COMBATTANTS DU CANCER	131
JE NE PEUX TE COMPRENDRE	133
DOMMAGES COLLATÉRAUX PAR DES TIRS AMIS	137
LE TEMPS DES RÉCOMPENSES	153
REMERCIEMENTS	163

Que réserve l'avenir ?

Au moment d'acheminer ce livre à l'imprimeur, j'avais déjà quelques nouvelles, fraîchement écrites, qui pourraient éventuellement faire partie d'un second chapitre de mes divagations. Il y a au moins deux de ces nouvelles, qui sont des suites à des histoires amorcées dans le présent livre, dont « un sourire en cavale, suite et fin ».

L'avenir nous dira si mes amies, muses et inspiration, ont poursuivi leur route avec moi. Je me le souhaite, parce que leur présence est tellement réconfortante et enrichissante.